文治
© wénzhì books

伪装闺密

[日] 湊佳苗 著
丁世佳 译

湊かなえ

四川文艺出版社

目 录

第一部

蓝色缎带是妈妈

晴美

蓝色缎带 是妈妈

蓝色缎带 是天空的颜色

妈妈 从蓝天上

一直 一直 看着你哦

获得第五届日本绘本大奖新人奖的作品《蓝天缎带》，从上个月，9月20日起，就在全国各大书店陈列。就算书腰上写着获得新人奖，没有名气的新作家的绘本要大卖也是不可能的。但是偶尔也会有微小的波浪冲上海岸，带来滔天巨浪的情形。

同样是上个月，生下第一个孩子的女明星崎谷雪小姐（25岁）看了这本刚刚出版的绘本，在博客上写了感想："哭了一整晚之后，我发短信给母亲说'谢谢'，然后紧紧抱着我的孩子。"

这则感想文很快在二三十岁的妈妈们中广为流传，还被各路媒体引用，于是绘本引起从十几岁到八十几岁，不论是已婚还是未婚的男女老少的广泛注意，才一个月就成了今年县代表性的畅销书。

今天我们采访了作者高仓阳子女士（36岁），请她谈谈成为绘本作家的经过和现在的心情。

——高仓女士是1975年在K县K市出生的。首先请告诉我们您想要成为绘本作家的契机。

高仓女士（以下省略敬称）：我并没有打算成为绘本作家。只不过从小时候开始就喜欢自己画画编故事，常常制作绘本，用图卡说故事。

——给别人看过吗？

高仓：我学生时代参加过义工社团，毕业以后在图书馆工作，常常有机会通过书本跟小朋友们接触，那时候让别人看过我自己画的作品。

——大家都很喜欢吧？

高仓：是的。小朋友们都非常天真可爱，专心地听我编的拙劣故事，还称赞我的画，说期待我下一次的作品呢。

——真是受欢迎的大姐姐。您没有想过将来要成为绘本作家，让更多的小朋友阅读您的作品吗？

高仓：我一直觉得绘本作家是特别的人才能做的职业，只要能让身边的小朋友们开心，我就很庆幸了。

——所以您虽然才华横溢，却一直没有让世人知道。现在您还在图书馆工作吗?

高仓：没有。我十年前结婚以后就辞职了，现在是家庭主妇。

——您有小孩吗?

高仓：有一个五岁的儿子。

——高仓女士是位妈妈，一定也给儿子念过很多的绘本吧?

高仓：是的。晚上睡觉的时候，我会讲故事给他听。有时候比较忙，没有时间，我就画绘本让他自己看。

——真是了不起的妈妈。

高仓：我常常反省与其给他绘本看，不如多陪陪他。

——高仓女士的先生是县议员高仓正纪先生。他一向致力于儿童的养育和教育问题，对于您成为绘本作家，议员有什么表示?

高仓：我先生认为母亲读绘本给小孩听是养育的重要部分，所以他对此很关心，也很支持我。

——您有这么坚强的后盾支援，真让人羡慕。是议员说服您参加日本绘本大奖新人奖的比赛吗?

高仓：不是。是我先生的朋友偶然看见我儿子的绘本，才劝我参加的。

“对不起！”

阳子突然站起来，对我深深低下头。

木头椅子“当”的一声倒地，座位不到十个的小咖啡馆里的客人，全都望向坐在窗边的我们。

“其实我根本不知道自己的作品参加了比赛，是接到得奖的通知电话才知道的……”

阳子就这样站着，好像浑然不觉大家都在看她，再次说了我已经听过好几遍的话。

“我一开始就说了不用介意。”

我关上做记录用的笔记本电脑，站起来扶起椅子，让阳子坐下。

“因为没想到闹得这么大啊。其实本来不是我想出来的故事。”

阳子好像顾忌周遭的视线，倾身靠近我低声说。

“但是你又不是全部照抄的，把那个简单的故事改编成让大人、小孩都感动的绘本，是阳子的才能啊。而且不管怎么说，绘本的生命是图画。阳子收到的读者感想，不都说了图画细致又温暖，不仅让人感动，也鼓舞了大家吗？”

“但是……”

“我在电话里就说了，你要是介意的话，就当成采访我然后画出来的，也让我采访阳子当作回报就好了。你成了有名的绘本作家，全国的电视台跟杂志都想采访你，你却把时间花在地方报纸的采访上，真的没问题吗？正纪先生也快要选举了。”

“还有一个月。”

“但是这回预期选情不是会很激烈吗？我在这种紧要关头来采访你，真是不好意思。”

“小晴干吗道歉？这次采访算是我拜托你的啊，而且你还特地跑到裕太上游泳课的学校附近来。”

“没关系，在有好吃的蛋糕的咖啡馆工作再好不过了。对了，你时间没问题吗？游泳课不是四点结束吗？”

我看了一下手表，还差五分钟四点。

“不要紧。他说下课以后跟朋友一起到那边的公园玩一下。第一个接孩子的妈妈会带大家一起去。”

阳子望向窗外，我顺着她的视线看去，发现马路对面有一座儿童公园。

咖啡馆面对马路的那一面是玻璃，从店里可以清楚地看到一个不怎么大的公园。环视四周，有像是妈妈的人对着在公园里玩的小孩挥手。

公园里有秋千、滑梯、沙坑，就像我小时候住的地方一样，却没有看见我最喜欢的跷跷板，也没有箱型秋千。不知道是因为母亲们抗议小孩玩那个很容易受伤所以撤走，还是本来就没有。

“那个人……”

我漫不经心地望着公园的游乐设施，听到阳子喃喃开口。

她望着公园那一侧的人行道上一位有点儿年纪的女士。那人穿着朴素的洋装，戴着丹宁布帽，肩膀上背着一个大袋子，沿着公园边的铁丝网走着。

那个袋子很眼熟。上面的心形图案是“快乐城”购物中心原创的环保购物袋标志。

"是你认识的人吗？"

我一边望着那个女人，一边问阳子。

女人停下脚步，背对我们越过铁丝网望着公园。

"不认识。但是最近常常看见她，算今天这次是第四次了。"

"她的小孩也在公园玩？不对，看她的年纪该是奶奶了。有点难说。"

远远地目测年龄很困难。只不过驼背的矮小背影让她看起来不年轻。

"不是的，我总是在家附近看到她。在离家这么远的地方看到还是第一次。"

阳子的家离这里有三十分钟车程。坐电车的话得换两次车。她特意送儿子裕太到这所前奥运游泳选手开的"微笑儿童"游泳学校来上课，每个星期两次。

裕太的游泳课是下午三点到四点，在这一个小时中，阳子总是在旁参观。今天我利用这个时段采访她。

阳子突然成为名人，时间就难以敲定了。

"小晴你觉得如何？"

"可能是阳子的粉丝。去阳子家被高高的围墙挡在外面，然后听说每星期二、星期四你会带小孩去上游泳课，就来埋伏堵人了。"

"小晴真是的，我哪有什么粉丝。虽然有接受电视台和杂志社采访，但在我们那里从来没被人问过：'你是绘本作家高仓阳子女士吗？’而且自从绘本出版之后，今天送裕太来上游泳课见到她还是第一次。最近一个月有好多事在忙，都拜托办事处的人送。”

“拜托正纪先生的秘书吗？她叫什么名字？”

“亚纪小姐。”

“没错没错，后藤亚纪小姐。后援会会长的女儿，一副目中无人的样子，我不喜欢她。”

“别这么说，她非常优秀。对了，小晴，我还在办事处附近看到过那个女人一次。”

那位女士还在眺望公园。她并没有跟任何人说话，只是默默地看着。

“那么她的目标是正纪先生吧。这让人有点儿不舒服，还是趁裕太没到公园之前去接他，带他回家比较好。”

“也是。那我们的采访呢？”

“内容已经够了。我会尽快整理好，传真给你看。你还是买一部电脑，用自己的电子邮件账号吧。每回都要通过办事处，一定很不方便。”

“反正后藤小姐他们都要看原稿，私事的话用手机联络就够了。”

“你这么顾忌后援会会长大人啊？”

“因为正纪的选举我什么忙也帮不上，没办法。那就下次见啦。”

阳子从皮包里拿出钱包，站起身来。

“不用你出钱，公费报销。”

听我这么说，阳子就微笑回道：“谢谢。”然后走出店外。

她的皮包跟钱包都是名牌。

身为议员之妻不能丢人现眼，阳子总是一副愧疚的样子使用着婆婆买给她的东西。听起来或许有人会很羡慕，但自己使用的东西，绝对是自己选择自己买比较好。

然而阳子从今以后应该不会为金钱困扰了。夫家要她用名牌，她也能自己选择自己买吧。

因为她获得了一份大礼。

我打开自己从上班以来就用得顺手的便宜单肩皮包，手机的灯在里面闪烁。是吉井发的短信。

那位形迹可疑的女士仍旧站在公园前面，并没有小孩跟她挥手或走近她。

她到底在做什么呢?

吉井友和每个月第二和第四个星期四会到我住的公寓来。他来的日子我不管多忙，都会把家里打扫干净，做饭等他。

这是因为他的老婆不擅长做家务。

话虽如此，我并不是围着围裙做马铃薯炖肉或金平牛蒡这种耍小聪明的料理。因为吉井的老婆早就证明了，用一瓶沾面酱油就能做出味道不错的菜。

——虽然不难吃，但不管什么东西吃起来都一个味道。

吉井常常一边吃我做的菜，一边这样抱怨。

但今天是星期二，不是约好的日子，吉井还是来了。房间没有整理，购物和准备的时间也不够，我还是尽量做了菜招待他。

我把做好的马赛鱼汤端上桌，吉井打开他带来的白酒。我们碰杯，吉井开始漫长的讲课。这不是我揶揄他说话啰唆无聊，而是真的讲课。

吉井是县内某私立大学政治经济系的副教授，我认识他是在两年前。当时我去采访他对政治家收受非法政治献金的看法。

县议员选举的公报马上要发布了，这回应该也可以挖出不少新闻。吉井关于农作物贸易的讲课，我没像在新闻部门时那样热心倾听，只随便应付两句，当成耳旁风。

今夜我有其他想谈的话题。话说回来，吉井来找我应该是有事吧。

“吉井在家吃饭也讲这些吗？”

“怎么会？她对我的话根本没兴趣。八成是她对我本人没兴趣的缘故。我在这里说半个小时的话，比跟她一个月里说的话还多呢。”

吉井在我面前总用“她”称呼他老婆。我不知道他老婆的名字，也没想过要调查。

“其实你是希望太太听你说话却不能如愿，所以找我当代替品吧？”

“我是讲给你听的。”

他叫我都是“你”，从来没用过我的名字。因此我也不叫他的名字，也不叫他亲爱的，我们又不是夫妇。

“对了，你今天有什么不愉快吗？竟然拿她来找碴儿，真不像你。”

我拿她找碴儿了吗？

“今天采访了一位简直像是幸福主妇代表的人物，有点羡慕而已。”

“哎，是谁？”

“绘本作家高仓阳子。《蓝天缎带》是她画的。”

“没听说过。”

虽然是畅销书，也不过是卖了十万本左右。只有在有兴趣的人之间才有名。

“我并不是想跟她一样，你不知道也无所谓。而且我要是想结婚的话，也不会找吉井的。”

吉井苦笑着喝酒。就算我暗示要跟别的男人结婚，他也绝对不会阻止我。

刚开始跟他交往的时候，每次听到他抱怨老婆，我都会期待他会不会有一天离婚跟我结婚。

我比他老婆小五岁，跟他也有话可说。家务跟做饭我都行。此外，吉井他们没有小孩，或许我能和他生小孩也说不定。

但是吉井的老婆是他任教的大学系主任的女儿。自从听他说过之后，我所有的期待就立刻烟消云散了。吉井想要的不是幸福的家庭，而是教授的地位。跟他在一起我不仅感觉到这一点，事实上他的野心也正是吸引我的地方。

“对了，今天吉井是不是有什么想抱怨的事？突然来找我，这可不像你啊。”

吉井好像被我说中，放下叉子叹了一大口气。

“我太太说要收养小孩。”

这话的严重性让我也放下叉子。

他们没有小孩，结婚三年之后发现好像是他老婆方面的问题。既然如此，他老婆就自由自在地过日子，出国旅行、购物、做自己喜欢的事。但是到了四十岁，突然强烈地想当妈妈。

对自己身为女性不完整的失望感和对将来的不安，心里这种空虚不是休闲旅行或高级名牌能填补的。她跟他说，就算不能自己生小孩，也想亲手好好养育幼小的生命。

“而且她已经开始了。她说Y市一家叫作‘朝阳学园’的孤儿院，有个跟她小时候很像的可爱女孩，血型也跟她的一样。真是的，不知道她在想什么。到底是怎样啊。要是收养亲戚的孩子也就罢了，把不知道爸妈是谁的孤儿当成自己的小孩来养，这种恶心的事谁做得出来啊？”

吉井说着把杯子里剩的酒一口气喝光。

今天是排卵日，要是不避孕的话，或许我能怀上吉井的孩子。要是如此，趁这个机会，他或许会跟老婆离婚，跟我结婚也说不定。

但是现在我根本不想让吉井碰我一根手指头。

“孤儿院的小孩很恶心？”

我好像故意找碴儿似的问道。要是他肯装糊涂说：“我这么说了吗？”那还有转圜的余地。

“当然啊。可能是笨得不得了的小孩，最糟糕的情况还可能是罪犯的小孩。”

“但那跟小孩没关系吧？”

“说什么蠢话，关系可大了。不管在怎样的环境中成长，从爸妈那里继承的血脉是毋庸置疑的。收养了之后发现个性恶劣，也不能还回去。你一定明白吧。”

“为什么我一定明白？”

“像样的人是不会把小孩送到孤儿院的，自己的小孩要自己负责养育，这是常识吧。她是大小姐，不知道世间险恶，所以不明白。但你是新闻记者，你有常识能辨别是非。”

“孤儿院的小孩本身就不合常理？”

“没错。果然只有你了解我。”

我没有回吉井的话，拿起电话叫了出租车，打算立刻把他送回他老婆那里。

“为什么叫出租车？今晚我要住在这里。我在她改变主意之前不打算回那个家了。”

他的话我充耳不闻，直接把他的行李拿到玄关。我从衣柜里拿出最大的纸袋，把他的换洗衣物、他送的礼物全部塞进去。项链、手表、奇怪的外国摆饰、我跟他借的书和CD，还有他今天带来还没开的酒，所有跟他有关的东西我都收起来。

“等等，你在生什么气？”

我不回答他的问题，拿起他放在桌边的手机，删除了我的号码。外面传来出租车到达的喇叭声。我推着呆站在走廊上的吉井的背部，叫他穿鞋。

我打开门，把东西拿出去之后，跟吉井说我要分手。

“你觉得我的行动违背常理也无所谓。因为这是在‘朝阳学园’生活十八年的孤儿的本性。”

“你是……”

我简直想揍张口结舌的吉井。我用力甩上门，忍不住呜咽起来。我珍视的东西一一从身体里涌出。

温暖。对话。吃同一锅饭，看着同样的东西而笑，同时说出同样的话，感觉并分享着肉眼看不见的羁绊。我觉得是爱的种种。

那些全都从我心里消失了。

为什么会变成这样呢？谁救救我？

阳子。

了解我的人，只有你。

——我们两人之所以成为好朋友，是因为有相同的境遇吗？

阳子问过我一次。

我出生后没多久，就被送到Y市的孤儿院“朝阳学园”，直到高中毕业前，我在那里过了十八年。

孤儿院是老旧的钢筋水泥两层建筑，有能眺望海边的高台，院子里有油漆斑驳、会发出“咯吱”声的游乐器具，还有种着四季花朵的漂亮小花坛。

我并不是自己一个人。

孤儿院里有跟我同样遭遇的小朋友，我们一起玩耍，一起做作业，一起生活，互相帮助。但是我们并不过分依赖对方。因为连我在内，大家追求的东西都不在这里。我们想要的人都在孤儿院外面。

虽然是孤儿院的小孩，但我不记得在学校被欺负过，然而也不记得有朋友。美劳课的时候就算不问老师，我也会在母亲节画孤儿院院长，父亲节画总务主任。老师们应该觉得我是个好教的学生吧。

这是以孤儿院的小孩来说。

孤儿院里也有不知该如何被爱，只希望获得别人注意，因此躁动反抗的孩子。我并不是不了解他们的心情，却没有采取跟他们一样的行动。

因为我拥有只属于我的、清晰可见的爱。我有珍贵的宝物。

我想在母亲节画那件宝物，我虽然只是个孩子，却也知道那不是可以随便给一般人看的。但是我仍旧想跟某个人分享我的宝物。

我遇见阳子是在大学二年级，我刚满二十岁的秋天。

我获得奖学金，上了本地的公立大学，搬出“朝阳学园”，自己一个人在学校附近的便宜公寓赁屋而居。“朝阳学园”要办什么活动的时候我会去帮忙。

那天是文化日的活动。

每年的这一天，市内的义工团体会来跟孤儿们一起做饼干、读绘本、看图说故事，并且玩游戏。通常都是妈妈辈、奶奶辈的五六位女士一起来，但那一年有一个年纪跟我差不多、与众不同的女孩出现。

她皮肤很白，长得跟娃娃一样。她用清澈响亮的声音，拿着大张图画纸上的绘画给小朋友们讲故事。其他的阿姨也说：“到这里来啊！”于是她的身边聚集了好多小孩，不知道是讲的故事有趣，还是大家想跟她在一起。

本来缠着我的一堆小朋友也过去专心地看着她的画，听她讲故事。

我在离她稍远的地方做别的事，听不到她的看图说故事，只清楚地看到她的模样：漂亮的面孔、漂亮的头发、漂亮的服装。她散发出那种从小到大不虞匮乏的人才有的宽容氛围，简直耀眼得让人目眩，我心里很不舒服。

看图说故事结束后，小朋友们还不愿意离开她。小学一年级的莉子用做完饼干没洗干净的手，摸着她柔软的浅粉色上衣。但是她完全没有不高兴的表情，还伸手把莉子抱到膝上，其他小朋友看见了也抢着要她抱。

“大家一起玩吧。”

她简直像女神一样，听到她的声音我不由得咋舌。

又出现这种人了。不管年纪多大，每年都有一个这样的人。参加义工活动自我陶醉的女人。就算有人用肮脏的手摸她漂亮的衣服、拉她的头发、对她说各种污言秽语也不会生气的人。

不管他们做什么我都可以原谅，很了不起吧？我的心胸为什么这么宽广？因为这里的小朋友们处境都好可怜。我只要离开这里，就跟他们毫无关系了。因为我有父母双全的幸福家庭。

那种心声通过让人恶心的笑容清楚地传达出来。

“大家先去洗手吧。”

我对着围着她的小朋友说，大家不情不愿地回答“好”，走向洗手台。我从这些孩子还在包尿布的时候就照顾他们了，我说的话他们大概都会乖乖照做。

“不好意思，你袖子上沾了面粉。”

我把湿纸巾递给她。

“谢谢。”

她用面对小朋友的同样的笑容接过湿纸巾，好像毫不在意似的轻轻擦着上衣的污渍。我看见图卡边缘也沾了油渍，水彩画的万里晴空上出现了一点乌云。

“这里的孩子们都很懂事的，要是他们不乖，不用客气，请直接管教他们。”

我分明是用愉快的语气圆滑地说话，可她却微笑着轻轻否定了我。

"没关系。今天是文化日啊，这种时候就让他们撒撒娇吧。"

不要说这种好像你很懂的话。我脸上可能露出了这种表情。

她继续说道："我也是从孤儿院出去的，虽然不是这里。你知道 K 市的'友爱园'吗？"

我听说过，是跟这里一样的儿童福利设施。

她告诉我她出生后不久就被送到"友爱园"，然后在同一年被没有小孩的养父母收养了。

"我以前一直都不知道。去年要申请护照的时候才发现自己是被收养的。我问了父母他们才告诉我。所以我虽然跟这里的小朋友们可能并不完全一样，但还是能在他们身上看到自己的影子。不管我去哪里都忍不住宠他们。对不起，你们这里有自己的规矩。"

她坦率地低头道歉。她并不是跟我一样在孤儿院长大，而是不知道自己是养女，在优渥的环境里备受父母宠爱长大的。但是这样不是反而更难对别人说出口吗？

"我才是，什么也不知道就说了没礼貌的话，对不起。你去过很多不同的地方吗？"

"其实我想去'友爱园'，但那里五年前因为财务困难关闭了。"

"所以你怀着报恩的心情参加义工活动？"

"不是的。我是在寻根，是为了自己。虽然我很感谢养父母抚养我成人，但我还是想知道谁跟我有血缘关系。我以为去了 K 市和附近的孤儿院或许能找到点线索，事情却没有我想象中顺利。

对不起，这让你不舒服了吧？我参加义工活动竟然是出于这种动机。”

“不会。这比你说是为了不幸的孩子们尽力要好多了。而且你跟我一样，让我很高兴。我在这里一直住到高中毕业，也很想知道真正的爸妈是谁。”

我们放下戒心，交换了彼此的境遇，知道我们同岁，而且都不知道真正的生日。我现在的生日是从被送到孤儿院的日子往前推算出来的，名字也是院长取的。

晴美。可以想象出那天的天气。

她没有说她名字的由来，但从“阳子”这个名字，可以想象出取名的缘由应该跟我差不多。

晴美跟阳子。我们俩笑着说我们真的很像。

然后我们也发现了更大的共同点，虽然没有人说出口。

我们都不是正式被送到孤儿院收养，而是被舍弃的。

“好漂亮的蓝天，可惜弄脏了。”

我拿起一张图卡。我小时候也常画蓝天，但从来画不出这么漂亮的颜色。

“没关系。就是画来今天用的。”

“阳子小姐画的吗？”

“叫我阳子就好。”

“阳子自己画的？”

她露出羞赧的样子，给我看一卷大约有十张的图画纸。

这个故事叫作“看谁高”。讲一个名字叫作茶色宝宝、有手脚的橡实的故事。

茶色宝宝跟松鼠、小兔子、小猪和小熊比高，谁也比不过。被大家取笑的茶色宝宝虽然很难过，但他没有哭，也没有生气。因为他相信只要努力跟天上的太阳公公祈祷的话，总有一天会长得比大家都高。

茶色宝宝站稳脚步，不停地向太阳祈祷。有时候被风吹，有时候被雨打，但他绝对不逃避。动物们每天都来跟他比看谁高。

时光流逝，他赢了松鼠，赢了小兔子，赢了小猪，赢了小熊。长成大树的茶色宝宝总是温柔地守护着比自己小的动物们。

我觉得故事很好，但她的画更吸引我。画风虽然纤细，但动物和景色都非常鲜明，温暖又漂亮的画。

就跟她本人一样。

我跟她说想看她别的作品，再次见面的时候她就送了我她画的图。

那是一张小女孩朝蓝天伸出手的画。简直就像是她知道我的一切一样。

我把这张让人百看不厌的画挂在房间的窗户旁边。

我每次跟她在一起，都感受到她的画是多么美好，她的温柔宽容让我觉得很舒服。我认为她就是我命中注定该认识的好友，我希望能永远跟她在一起。

我现在的工作也是托了她的福。

近来不管哪家公司，在求职面试的时候都尽量不问家庭状况。因为大家都本着社会的理念，认为做事的是求职者，跟家庭环境和父母的职业没有关系。但是在我找工作的时候还没有这种趋势，不管是个人面试还是团体面试，大家都会问家庭的问题，问得最详细的是团体面试。

父亲从事什么职业？母亲做什么事？有兄弟姐妹吗？兄弟姐妹做什么工作？

这些问题我一个也答不出来。我只好说自己是在孤儿院长大的，受到许多身边的人和看不见的人的支持，才造就了今天的我。所以社会就是我的父母，我的家庭。

面试者当场的反应也非常同情和友善。我想他们接受我了，心中涌起松了一口气的喜悦。但在面试完之后完全没有下文了。

也就是这样了吧，我思忖。

炫耀父亲职业的人，进入公司之后应该会认真负责地做事，不输给父亲吧。被在家当家庭主妇的妈妈呵护抚养长大的人，应该细心又善解人意，开朗友善，让周围的人都觉得很温暖吧。有兄弟姐妹的人能适当地判断自己该做什么，善于跟他人沟通吧。

这样想的话，没有家庭的人在社会上就没有立足之地了。我放弃了找工作的念头，把染上汗渍的套装塞到垃圾袋里。

要是没有阳子的话，我大概真的就放弃了。

短大毕业之后，比我早一步踏入社会的阳子把套装从垃圾袋里拿出来，一边仔细折叠一边对我说：

“小晴是有家人的。一开始就认定了没有，说什么社会之类的违心之论，所以才没被选上。我觉得家人不只是父母兄弟、有血缘关系的人而已。自己觉得是家人的人就是家人。夫妻也是家人，没有血缘关系就不是吗？只要是心意相通的人就好。这样一来好朋友也可以成为家人。要是小晴觉得可以的话，我来当小晴的家人吧。”

阳子是我的家人。

我一边打工一边去大学修了一年课，然后再度挑战。我收到了包含我的心愿、阳子的心愿的报社录取通知书，第一个就给阳子看。给我重要的家人看。

几年后，阳子这么问我：

“我们之所以成为好朋友，是因为境遇相同吗？”

我们认识已经五年了，在她问我之前，我完全没意识到这种事。

要是我不知道她跟我有着相同的境遇，还会觉得她的画很棒吗？她在幸福的家庭出生，是饱受宠爱长大的大小姐，我还会一直想跟她在一起吗？

虽然这么想，但既然已经知道了彼此的境遇，再想这些也没意义了。

把我跟她联系在一起的，是父母不详的孤儿身份这种相同的境遇。这样不就好了吗?

但是她之所以这样问我，是因为她在烦恼结婚的事。就算是在好人家长大的，碰到两代县议员家庭的长子跟她求婚，她考虑到自己的身世，想不觉得“境遇”这个词沉重也很难。

既然有因为境遇而形成坚强羁绊的例子，自然也有因为境遇而无法结合的情形吧。她心中一定充满了这样的不安。

因此我没有回答她的问题，只告诉她一个我没有跟任何人讲过的故事，并且把我的宝物分了一半给她，希望能多少消除她的不安。

我给了她蓝色的缎带，天空颜色的缎带。

没想到那会成为绘本，公开让大家都知道。

至少得奖这件事我希望从她嘴里听到。

阳子得到第五届日本绘本大奖新人奖的消息，我是在办公室接到电话得知的。

每朝新闻的T分部，常常有当地人士打电话来要求我们去采访。无论是幼儿园儿童到养老院去唱歌，还是谁家的田里种出了形状有趣的蔬菜……

我刚从总社的社会新闻部调来的时候，因为跟之前工作的内容落差太大让我大为惊讶，但这种看起来可有可无的新闻，若是刊登了受到读者欢迎，也会成为一股风潮，因此无论怎样的情报都不能随便放过。

“我们议员的夫人获得了有名的绘本大奖。”

一个自称后藤道代的女士打电话来这么说。她打电话到报社提供新闻，内容却不清不楚，奖项的名称、绘本的名字都没讲，只强调作者是县议员高仓正纪的太太。

阳子把自己画的绘本拿去参加比赛让我很意外，但得奖却不意外。阳子的作品当然会得奖。电话那头说希望我们近期派人去采访，但不要立刻，最好是秋天的时候，到时再联络我们，说完就把电话挂了。

他们估计是想在县议会议员选举期间让我们报道，制造话题刺激选票吧。这些人都把新闻界当成什么了?

虽然很不爽，但阳子得奖的好消息还是让我高兴的。

我立刻就想打电话给她，但想想还是先确定一下奖项的名称，所以就去网络上搜索了一番。那个后藤道代说是关于天气的故事，这个信息丝毫没有帮助。但阳子是用本名参加比赛的，所以立刻就搜索到了。

【第五届日本绘本大奖新人奖《天空的缎带》 高仓阳子】

我望着屏幕好一会儿，手机响了。是阳子打来的。

虽然我们并不疏远，但几乎只是互发短信，已经有半年没有打电话了。

“对不起！”我一接起电话，阳子就跟我道歉。

“那是小晴当成宝贝的故事……”

我知道她在说绘本的事。但她没告诉我得奖就先道歉，大概是因为听说了后藤道代打电话到报社来，所以慌张地打电话给我吧。

后藤道代是高仓正纪后援会的会长后藤良隆的太太。她和高仓家好像从上一代就有深厚的交情，选举期间之外的时间也会在办事处，我听阳子抱怨过，说她简直像是有两个婆婆一样。

“不用道歉。恭喜你成为绘本作家。”

我虽然这么说，但电话那头的阳子似乎一点也不高兴。

她说原本完全没有这个打算的，然后把事情经过告诉了我。

当县议员的丈夫策划了支援儿童养育的方案，阳子因此连日参加各种儿童教育和义工活动。刚满五岁的儿子裕太常常不得不一个人在家，有一天晚上他终于忍耐不住寂寞，大哭起来。

阳子跟裕太讲了结婚之前从我这里听到的蓝色缎带的故事。裕太非常喜欢，要求阳子做成绘本让他随时都可以看，于是阳子就画了《天空的缎带》。

裕太自己一个人在家的时候，都随身带着绘本。后藤夫人看见了，就偷偷拿去参加比赛，估计是想用来宣传吧。

绘本还没有出版时，阳子跟出版社的人说是跟我合作的，要把我的名字也加上去，但被我拒绝了。

“我只是提供材料而已，说故事的是阳子，而且绘本的生命是画。阳子你要有自信，我支持你。”

我这么替她呐喊助威。稍后绘本改名《蓝天缎带》出版了，没想到竟然成为这么畅销的书。这样后援会办事处也没法说要我们配合选举公告日，延期采访了吧。最近几星期，无论是电视还是报纸、杂志，每天都可以看到阳子的脸。

前几天的报纸广告上说，绘本发售一个月销量就突破十万本，这数字已经到了尽人皆知的程度。这样继续卖下去的话，通常不看绘本的人也会人手一本了吧。

阳子一直跟我道歉，但我收到出版的绘本，看了之后发现跟我告诉阳子的故事并不完全一样。绘本里完全没提主人公被送到孤儿院，而且还有小女孩向森林里的动物询问妈妈在哪里，这种像童话一样的内容。

绘本跟我的故事只有一个共同点，那就是母亲已经不在这个世上了。蓝色缎带那一段虽然是我的故事，但我觉得阳子画的绘本是属于她的。

然而，要是我的母亲还活着的话，我还能这么觉得吗？看见的人越多，母亲看到的概率也越高。母亲读了绘本，会觉得“这是我女儿吧”，会觉得“女儿想跟我见面吧”。

首先她一定会以为绘本的作者是自己的女儿，然后她可能会搜集作者的情报，偷偷地去看她。

要是我的话，或许会每天都抱着期待。

事实上阳子是不是也这样期待呢？

以阳子的性格，接受采访应该会觉得很痛苦。正纪先生的后援会要她为了丈夫接受采访，她没有办法只好在媒体上露面。应该是这样的。

但是，要是阳子真的不愿意，正纪先生应该也可以多少替她抵挡一下吧。

“我会尽力守护阳子小姐的。”

结婚前阳子跟我介绍正纪先生的时候，他对我这么说。

“您虽然这么说，但我又不是阳子的爸妈，不知道该怎么回答呢。”

“但是阳子说晴美小姐就跟家人一样。所以希望您同意我们结婚。”

他既然说了这种话，应该也可以说出“太太出名我是很高兴的，但比我还有名的话就有点……”这样一来，后援会以后一定不会让阳子接受采访了。但事实并非如此，也就是说，阳子是自愿接受采访的。

《蓝色缎带》的故事不是阳子的。然而她在媒体上露面的话，或许会有人觉得眼熟。她的个人资料里说她是在K市出生的。记得的人应该立刻就会想到“友爱园”在那里。

我是因为想知道亲生父母是谁才进入报社的。

阳子虽然有慈爱的养父母，但为了寻根她还是去孤儿院做义工了。她结婚后相夫教子，会就此放弃寻根了吗?

阳子现在仍旧在找寻亲生父母。

白天看见的那位女士——

她的目的是什么?

她是敌是友？如果真的是阳子的粉丝就好了。

虽然这样并没有解决任何问题，但想着阳子的事让我的心情平静了下来。吉井完全被我抛在脑后了，我忍不住想笑。

就这样把今天的采访内容整理一下吧。

我打开电脑，搜索了一个关键词。

我不觉得会有什么了不得的结果，就当转换心情也不错。

*

【关于高仓阳子】

高仓阳子，旧姓里田。

1958 年生于 K 县 K 市，36 岁，现居 T 市。

T 市立 T 小学、T 市立 T 中学、K 县立 T 高中、K 县立 Y 女子大学短期大学国文系毕业。

于 T 市立图书馆就职期间，参加市内义工团体，致力于朗读绘本等活动。

2001 年，与县议会议员秘书高仓正纪先生结婚，婚后辞职当家庭主妇，但仍继续义工活动。

2005 年，正纪的父亲，现任议员高仓正宪去世。

2006 年，长子诞生。

2007 年，高仓正纪接任父亲的选区，初次当选县议员。身为议员之妻，尽力辅佐丈夫。

2011年，获得第五届日本绘本大奖新人奖，书名为《天空的缎带》（出书时改名为《蓝天缎带》）。

得奖感言是，想跟所有相关人士说“谢谢”。

县议员选举将在今年11月公告。

阳子

四叶社寄到后援会办事处的五百本《蓝天缎带》今天晚上一定要签完名，明天一早就送回去。这是道代女士擅自接下的工作。

我本来想今天可以跟裕太一起洗澡的，现在又得拜托婆婆了。写上了我的丑字的书到底有什么价值啊？话说回来，我并没有做这种事的资格。

小晴真的原谅我了吗？

十一年前她跟我说了这个蓝色缎带的故事，那是在我烦恼要不要跟正纪结婚的时候。

我认识正纪时，已经在图书馆工作了五年。当时他的父亲是县议员，他是秘书，跟着父亲一起到图书馆来视察。

当时的财政没有现在这么困难，但仍旧讨论了削减买书和活动经费的问题。我负责儿童书籍的部分，跟他们两人说明了书籍的借阅状况和每年针对儿童举办的活动。

因为议员要来视察，我从前一天晚上就很紧张，好在两人都非常和善且容易亲近，对儿童书籍也非常关心，我顺利地完成了报告。

那个周末，正纪一个人到图书馆来。

“我想请你推荐几本书。”

他在柜台前这么说，这里是童书区，要我推荐给大人看的书，我一下子答不上来。

“是您工作上参考用的吗？”

“糟糕……其实我是来看你的。”

被我一问，他抓抓脑袋有点不好意思地说。在那之后，他每个周末都到图书馆来，在休息时间跟我一起喝茶，我们也交换了电话号码。但因为我们休假的日子凑不到一起，并没有两人一起出游过。

因此跟正纪见面，总觉得像是工作的延伸。第四个周末时，我一边喝茶，一边问了正纪一个我以前就很介意的问题。

“削减图书馆这样的公立设施预算，那孤儿院的经费也会被削减吗？”

“这次的法案并不包括孤儿院，要是财政困难的情况持续下去，经费或许就会被削减。”

他问我为什么关心孤儿院的经费。我并不是要告诉他自己的身世，只是觉得有个实际的例子他比较容易明白而已。

我告诉正纪自己出生后不久就被送到孤儿院，长大后知道自己是养女，想找寻亲生父母，所以去了那家孤儿院，没想到却因为经费问题关闭了。但我被送去的“友爱园”并非公立设施，可能跟财政困难没有关系。正纪非常认真地倾听我的话。

“哪天能找到亲生父母就好了。”

他这么对我说，我并不觉得他是在同情我。

在那之后，我们设法在同一天休假，两次一起去看电影吃饭，第三次出去的时候，他突然对我说：“请你嫁给我。”当然，我没办法当场给他答复。

我虽然喜欢正纪，但我们的家世差太多了。这我一开始就知道，所以尽量试着不要喜欢上他，但还是觉得心都要碎了。

在跟养父母商量前，我先联系了小晴。

我虽然知道贬低自己的境遇就是贬低她的境遇，但我没办法不跟她商量。这个世界上能了解我心情的人，就只有小晴了。

小晴当了报社记者，在社会新闻部门工作，每天好像都很忙，所以我尽量不去打搅她。但我打电话说有要紧的事要跟她商量，第二天她就设法腾出时间来了。我想要不受时间限制、不用在意别人的眼光，于是选在“朝阳学园”附近的公园见面。

这里可以看到蓝天碧海，是小晴很喜欢的地方。

我们最初在“朝阳学园”认识的时候，我以为小晴也是义工人员，我感觉到小晴对我的观感并不好。

我从小就希望别人都喜欢我，不管对谁都是笑眯眯的，是个听话的小孩。小晴能毫不客气地教训孩子们，让我很羡慕。孩子们都听她的话，更让我羡慕。

不仅如此，我还被她教训了一下，好像我什么也不知道似的。我不由得告诉她我也是孤儿院出身，我想让她不要凭外表判断别人。

然而小晴也是出生后不久就被送到孤儿院的，一直到高中毕业才离开，我觉得非常不好意思。小晴还称赞我的看图说故事，说想看我其他的作品。

随着时间流逝，我和小晴交情越来越好，我有什么事她都会安慰我、鼓励我。

小晴又聪明又有行动力，我根本不能为她做什么，她为何愿意跟我在一起呢?

“我们两人之所以成为好朋友，是因为有相同的境遇吗?”

小晴来到公园，我开口就这样问她。

我不知道我是希望她肯定还是否定。拥有相同境遇的两个人相遇的确是命运，但如果只是这样的话，未免太寂寞了。

我希望小晴能说出强而有力的理由。

但是不知怎的，我记不得小晴怎么回答我了。

我跟小晴说了正纪跟我求婚的事。我告诉她正纪是两代县议员家庭的长子，小晴只简单地说：“只要你们两情相悦，家世根本无所谓吧。”

“阳子，你在迟疑什么呢?”

“因为正纪和我的境遇实在差太多了。”

“阳子的爸妈也完全不输人啊。”

“但我是养女，正纪也知道。”

我认识正纪之后，就立刻跟他说了“友爱园”的事。

“什么？他既然知道还跟你求婚，那就看阳子要不要接受了。”

小晴好像以为我是因为没有跟正纪明说才烦恼的。

“还是怎样？害怕当议员的妻子很辛苦？好吧，要是我是歌舞伎演员的妻子，可能也会这么觉得。”

“不是的。我大概是害怕正纪的家世，更害怕结婚这回事吧。”

结婚当然是为了让自己幸福，同时延续祖先留下的血脉也非常重要。但我不知道自己继承了谁的血脉，要怎么传承呢？像无根浮萍般的我到底是什么人呢？我真的存在于这个世界上吗？我这样的女人能结婚吗？

想到结婚，这种不安就在我体内翻涌，让我不知如何是好。

“你这种想法是不对的。”

小晴直截了当地说。

“阳子和我都不知道亲生父母是什么人，这是事实。但是，我们并不是从石头里蹦出来的，的确是从某个人的肚子里出生的，和某个人血脉相连，只是不知道是谁而已。因为不知道是谁就觉得没有联系，这种想法太奇怪了吧。话说回来，大部分的人就算知道自己的血统，顶多也不过三代四代吧。阳子跟阳子的爸妈血脉相连，我也跟我的爸妈血脉相连。”

小晴这么说着，从皮包里拿出一个小布包，从里头掏出一条大约一米长的缎带。

那是一条泛着光泽的蓝色丝绸缎带。

“我说过我是被送到‘朝阳学园’的，其实是装在箱子里放在孤儿院门口的。箱子里有一封信和这条缎带。”

小晴从布包里拿出薄薄的便条纸给我。

“我可以看吗？”

小晴默默点头。

“你是妈妈的宝贝。妈妈虽然不能跟你在一起，但会一直从蓝天上守护你的幸福。”

“这是我有妈妈的证明。”

“血脉相连的证明。”

“没错。阳子你带针线包了吧？借我一下。”

我从包包里拿出随身带的针线包递给小晴。小晴从里面拿出剪刀……

“小晴！”

蓝色缎带在我眼前被剪成两段。这是小晴最珍贵的宝贝啊。

“把手伸出来。”

我呆呆地听话，伸出手。小晴把半条缎带系在我右手腕上。

“我之所以成为记者是想调查亲生父母是谁，但也打算调查阳子爸妈的。在调查有结果前，它就代替阳子和妈妈的联系了。这是阳子跟某人血脉相连的证据。”

我泪流满面，连感谢的话都说不出来。要是拥有缎带的是我，烦恼的是小晴，我能做出同样的举动吗?

蓝色缎带对小晴而言是妈妈跟自己血脉相连的证据，但对我而言是我和小晴血脉相连的证据，是我们两个人之间实质的羁绊。

这十年来的婚姻生活绝对不是只有幸福的时光，但托了这条缎带的福，我都能忍耐过去。

没想到事情会变成这样……

高仓阳子。我望着自己的丑签名，觉得和小晴的羁绊好像也被丑化了。剩下的几本，我尽量工整地签了名。

回到高仓家，裕太刚刚洗完澡出来。

“妈妈回来了！”

他头发湿湿地奔向我。我跟婆婆道了歉，牵着裕太的手走向卧室。

“妈妈，明天能跟我一起去幼儿园吗?”

“对不起，妈妈明天一大早就得出门。跟奶奶一起去好吗?”

“好吧。那你会来接我吗?”

“亚纪阿姨会去接你的。”

亚纪小姐虽然是正纪的秘书，但她从小就在高仓家出入，家里的事情她都一清二楚，她也很习惯使用厨房，我们常常拜托她照顾裕太。

“亚纪阿姨啊。那回家的路上有冰淇淋可以吃了……啊，本来是不能说的。”

裕太用淘气的眼神抬头望着我。我希望他回家再吃点心，但既然拜托了秘书工作之外的事，没办法再进一步要求人家什么了。

明天在跟N区妇女会会员一起到公园种花之后，还要接受她们发行的刊物的采访。她们都支持正纪的儿童养育方案，活动绝对不能取消。

“妈妈也要睡觉了吗？”

“还没有，妈妈还要工作一下，你先睡吧。”

“好。妈妈也早点睡哦。晚安。”

裕太说着闭上眼睛。我轻轻地抚摩他的头。我发现自己已经好久没有这么悠闲地摸摸他了。

小晴鼓励我，里田家的爸妈也替我高兴，我结婚了，但婆婆并没有愉快地接纳我。

父母辈在商量让亚纪嫁给正纪的时候，正纪突然带我回家。我也觉得对后藤一家过意不去。后藤良隆先生经营不动产，是地方上的名人，从我公公在任的时代就担任后援会的会长。

更有甚者，他调查了我的户籍，发现我是里田家的养女，好像更加难以释怀。事实上正纪是怎么跟家里人沟通的，我并没有听说，但结婚十年一直住在同一栋房子里，却仍旧不叫我的名字，果然是家里还没有接纳我吧。

他对着我叫“亲爱的”并没有问题，但在别人面前称呼我为“那个人”，让我很心痛。大家都知道“那个人”就是指我。虽然已经习惯了，但有时候仍旧感到很痛苦。

阳子这个名字是亲生父母跟我唯一的联系啊。

这是我在生下裕太之后得知的。

小时候我问过里田家的爸妈自己名字的由来，他们说："因为你是像太阳一样让周围都温暖起来的孩子。"在我知道自己是养女之后，仍旧以为这个名字是里田家的爸妈替我取的。

然而裕太出生之后，我跟里田家的爸妈讨论小孩的名字，他们告诉我阳子这个名字其实是在领养我以前就有的，是我亲生父母取的名字。里田家的爸妈是在办理领养手续时从"友爱园"的园长那里听说的。

里田家的爸妈并不是故意隐瞒这么重要的事，只是因为我没有问而已。我鼓起勇气问他们知不知道我亲生父母是谁，但他们不知道。

我也有亲生父母给我的东西。

我虽然很高兴，但没办法跟小晴说。蓝色缎带可以分一半，名字却不行。

但是，我想借机报答小晴恩惠的心情高昂了起来。

"妈妈？"

裕太突然睁开了眼睛。我一直呆呆地坐在床边，裕太好像察觉而惊醒了。

"妈妈在这里陪我的话，念绘本给我听好吗？"

他毫无睡意，非常清醒。

"那就念一本。哪一本好呢？"

"缎带的故事。"

"哪个版本？"

"当然是真正的那本啊。"

裕太这么说，我从书架上取下画册。

裕太睡着之后，我下楼到客厅，婆婆跟道代女士在喝茶，正纪好像还没回来。我不想打搅她们，只打了招呼就想离开，但婆婆叫住我："我们在等你呢。"

"有人想采访你。"道代女士翻开笔记本说。擅自拿绘本去参赛的是她，得奖之后把功劳都揽在自己身上，现在相关的事全归她管。

"是电视节目哦。"婆婆这么说着，在事先准备好的茶杯里倒了热红茶，催促我坐下。婆婆刚听到正纪说我得奖的时候，说高仓家的媳妇举止不检点会造成困扰，当时抱怨连连，好像真的甚为烦恼。她不知道是道代女士拿绘本去参赛的。

但是第二天她态度一变，恭喜我得奖，还买了一大束花。之前她说高仓家的媳妇要是用些不三不四的东西会让她丢脸，不时给我名牌皮包和首饰等，但送花倒是第一次。

参赛的事是后援会的岩崎先生偷偷告诉她的，但道代女士应该也灌输了她很多有的没的吧。

"说是电视采访，但跟之前那种五分钟、十分钟的信息节目不一样。是上《美津子的小屋》哦。”

我很少看电视都知道，那是播放了几十年的全民谈话节目。道代女士那一辈的人应该特别爱看，她们都很兴奋。

“那个日本绘本大奖是四叶社和每朝电视台一起主办的吧?《美津子的小屋》也在同一台。最近这么受欢迎，他们节目的制作人亲自打电话到办事处来邀请呢。”

“但是我能上那种节目吗? 他们是三十分钟的现场直播吧。”

“没问题。美津子小姐会好好引导你的。你只要跟平常一样保持微笑，说些支持正纪的话就可以了。而且那个节目几乎没有请过作家，到目前为止只有跟她很熟的周日两小时剧场的编剧、推理小说作家鬼怒川先生之类的三个大人物。你是第一个受到邀请的绘本作家。”

“真是太光荣啦。”

婆婆接着道代女士的话说。这样一来我就算不情愿也得去上节目了。

正纪接任了亡父的选区，在四年前出马竞选县议员。虽说是家传的地盘，但他能以微弱优势击败担任市议会议长的对手，大家都说是去世的公公的吊唁票之赐。

当然啦，正纪当县议员的四年间，非常努力地工作，但这回选举还是会有一番苦战。因为他半年前疑似收受非法政治献金而接受过调查，声望大受打击。

正纪涉嫌收受本地建设公司“东西组”的非法选举资金，但他坚决否认，调查结果因为证据不足而不起诉。

但是电视或报纸、杂志上报道的新闻，一般人并不会追着看到最后结果。或许是报道的方式有问题吧，大部分人应该只记得正纪因为涉嫌收受非法政治献金而接受调查。

“而且他们说下个月第一周看你哪天方便，时机也恰恰好。”道代女士火上浇油地说。

选举公告是下个月中旬。在大学任教的本地有名的经济学者也将出马竞选，真的是战况紧急，不能掉以轻心。正纪的办事处显然是要竭尽所能地拿突然从天上掉下来的绘本大奖来换正纪的选票。

“那么我就去上节目。”

我这么说完，婆婆跟道代女士欣喜地握着手。穿高雅的和服好，还是穿套装看起来比较认真？要迎合主妇阶层的话，穿流行一点的服装比较好……她们开始讨论起我要穿的衣服了。

“阳子，真对不起。我妈妈毫不客气地利用你。”

前几天正纪对我说。

我或许是被利用了。但是我对自己有利用的价值这点感到很高兴。

四年前第一次选举的时候，我也打算和正纪一起奋斗，但完全不知道自己能做什么，只是茫然地等着婆婆和后援会的人的指示，完全派不上用场。

支持正纪的人私下说：“他太太要是亚纪就好了。”我听到了只觉得，既然我什么忙也帮不上，或许那样真的比较好。

里田的爸妈也帮正纪拉选票，但普通的上班族毫无影响力，身为没用媳妇的父母，会不会觉得很丢脸呢？我对他们也感到很抱歉。

但是这回我或许可以帮忙拉票了。

道代女士随意拿我的作品去参展，听到得奖的消息我非常不高兴，心想她怎么能做出这种事。她把采访行程排得满满的，剥夺了我和裕太相处的时间也让我心生不满，但换个角度想，其实我是应该感谢她的。

只不过……我希望她没直接打电话给小晴。

我知道她不是专程打电话给小晴，只是打电话到每朝新闻报社。我本来是要在改稿之后通知她我得奖了，让她看稿子，跟她商量出版方针，没想到道代女士在我得奖的第二天就打电话去报社。

结果连我改稿都没能跟她说。

“时间有点晚了，今晚就先告辞了。”

道代女士站起来，和婆婆一起走出客厅的时候，正纪回来了。上电视的事道代女士好像在告诉我之前就先跟正纪说了。

“太太答应了哦。”擦身而过时，道代女士很高兴地说。

“这样啊。”正纪只淡淡地回答。

我收拾茶几上的东西，为已经吃过饭的正纪泡热茶。

“你脸色不太好，是不是太勉强了？”

正纪自己分明比我累不知多少倍，反而还关心我。

“我没事。今天我接受了小晴的采访。书出版了以后，我只是打电话和发短信给她，终于和她见面跟她道歉，我松了一口气。”

“你跟晴美小姐讲了那件事吗？”

“还没……因为还没有什么具体的结果。”

“最近看到的那个女人的事呢？”

“对了，我今天也看到她了，而且还不是在这附近。我想趁裕太上游泳课的时候接受采访，就跟小晴约在隔壁的咖啡馆，在那里也看到那个女人了。”

“她在看阳子吗？”

“不是，一直看着公园。”

“到底是在做什么呢……对了，晴美小姐有说什么吗？”

“她说让人有点不舒服，让我快点去接裕太。”

“她的反应是这样啊……那个人今天在那里可能是偶然吧，要不就是以为你在公园，在找你呢。”

“小晴说，她的目标可能是你。”

“不会吧，或许还是请警察到这附近来巡逻比较好。”

我觉得找警察好像有点夸张。拜托他们来这里巡逻之前，可能会叫我自己要注意，不要接受太多采访也说不定。

我之所以接受采访不只是为了正纪的选举，还有另外一个理由，那只有正纪知道。

绘本《蓝天缎带》的发行量现在是十万册。上《美津子的小屋》的话，销售量应该还会上涨，会有更多的人知道这本书。这样的话，奇迹或许会出现。

但是越多的人知道也就越危险。

后援会的人说："恭喜再版，这样版税会有好几千万日元吧。"他们并不是有恶意或私心，只不过是把绘本的价钱乘上发行的数量，觉得真是一笔大钱而已。"但是你们家本来就很有钱了。"接着这么说，由此可见其实并非真的关心。

但是，要是有不认识的人因为好玩而计算金额的话……

或许是我多虑了，不习惯一下子有这么多钱，小心眼在作祟而已。世上的人可能对别人的收入毫无兴趣也说不定。

我接受了这么多的采访，在街上也从来没人叫住我。请警察来自家附近巡逻，可能会被邻居嘲笑自我意识过剩吧。

即便如此，我也一定要保护裕太。他是唯一伸手可及的，跟我血脉相连的家人。结婚五年之后才终于生下的宝贝儿子，是我和正纪最珍贵的宝物。

要是裕太有个万一——

"你正在想什么不好的事吧？"

正纪突然这么说，我猛地回过神来。正纪总是能看透我的心思。

无论发生什么事，只要跟正纪在一起就没问题。

*

她走进小儿科病房，小朋友们欢声四起。

今天是每星期一次"绘本阿姨"来访的日子。

“绘本阿姨，今天念哪一本？”一个小孩问道。

绘本阿姨放下肩上背的大包包，一边像唱歌一样喃喃咕哝着哪本好呢，一边拿出一册绘本。

“啊，我想看那本。”

一位陪着小孩的母亲比孩子先开口。

“好看吗？”

小孩没有问妈妈，而是对着绘本阿姨问道。

“等读了就知道内容了。是非常好的故事哦。大家都去过洗手间了吗？耳朵洗干净了吗？”

绘本阿姨问，小朋友们都大声说：“洗了。”

“那我们就开始吧。今天的绘本叫作《蓝天缎带》。”

绘本阿姨在小朋友们的掌声中打开封面，晴朗的蓝天出现在大家面前。

第二部

要是想让令郎平安归来

阳子

我接受了读者群是三十几岁女性的月刊《自然》(*Natural*)的采访。

为了拍照要换好几个地点，原本预计要到傍晚才结束，幸好过程很顺利，下午三点就全部完成了。

今天星期二，是裕太上游泳课的日子，从这里直接去的话应该来得及接他。虽然我已经拜托亚纪小姐了，但她现在应该还在办事处。

我打电话过去，道代女士说她刚刚出门。我就打了亚纪小姐的手机，但是没人接，转到了语音信箱。她是不是直接去接裕太了呢？要是她没听到我的留言还是去接裕太了，那就太不好意思了，于是我决定不去了，直接回办事处。

距离县议会议员选举还有一个月，必须准备的事堆积如山。

高仓正纪议员办事处位于站前大厦的一楼，从家里开车过去需要七八分钟，走路的话约半个小时。通常觉得很近，但忙起来的时候一天要来回好几次，其实很耗费体力。

因此随着选举接近，大家留在办事处的时间越来越长，我们家的生活全移到办事处了。正纪每天回家只待几十分钟，洗澡换衣服而已。

竞选非常辛苦，正纪同时还有许多现任议员的工作必须处理，他从昨天开始就到韩国出差四天。

后援会的成员也增加了，出入办事处的人越来越多。这些人主要是正纪的同学，年龄层年轻起来，气氛也比以前活跃。我虽然心想承蒙他们帮忙，该准备些好吃的茶点，但害怕触犯公职选举法，实在不能做什么。特别是，正纪半年前才因涉嫌收受不当政治献金而接受调查，这次看得出大家都非常谨慎小心。

道代女士也不再要我替她认识的朋友们签书了。

我到办事处时是下午四点，亚纪小姐当然不在。后藤先生、道代女士、岩崎先生还有后援会的五个成员在。最近婆婆也常在办事处，但今天裕太不在家，她预定来办事处接他回去。

但是婆婆也不在。道代女士说她在办事处待到两点左右，然后说要给裕太准备点心，就回家了。

听说我们要结婚时面露难色的婆婆，在我们结婚后就催促我们快点生小孩。我以为小孩随时都可以生的，但一直没有怀孕的征兆。一般来说不避孕的话，两年没有怀孕就称为不孕症，而我们结婚还不满一年，婆婆就让我去医院检查。

正纪支持我，说：“不要做加重人家精神负担的事。”但婆婆对着独子说：“高仓家不需要生不出孩子的媳妇。”既然婆婆的态度这么明确，我也似乎可以了解她身为政治家妻子的心情，便下定决心去医院检查。

正纪体谅我的心情，陪我一起去，结果我们两人都完全正常。跟婆婆报告时她好像听到我怀孕一样高兴得不得了，但我真的怀孕却是在四年之后。

真是一段非常漫长、非常让人沮丧的日子。

“是不是以前堕过胎啊？是不是遗传因子有什么问题啊？有些人就算身体正常，家族本来就少子，而我们连调查你的家世都没办法。要是亚纪的话，她有三个哥哥，一定可以生下健康的继承人……”

因此怀上裕太的时候，我简直高兴极了。婆婆也非常高兴，她对我说：“辛苦你啦。”这是结婚十年里她唯一一次称赞我。

不管有什么事，婆婆永远把裕太放在第一位。这并不是单纯地宠他，她会考虑怎样对裕太最好，不会任他乱吃零食，他不乖也不会不管教他。今天因为裕太上游泳课，所以婆婆早点回去多做一些点心给他。

道代女士给我采访的原稿和《美津子的小屋》的剧本，我一边看一边在办事处等裕太回来。

下午五点半了。

我去接裕太的时候，最晚也会在五点到家，但今天他仍旧没回来。亚纪小姐是不是又带他去吃冰淇淋了呢？我虽然不会跟亚纪小姐说，但或许该跟裕太说点心一定要回家再吃才对。

办事处的电话响了。这里的电话我从来不接，但大家好像都很忙，我就接了。是婆婆打来的，听到我在办事处，她好像很惊讶。

“小裕还没回来呢。我都做好点心在等他了。”她的语气有点不悦。

“妈，对不起。但是裕太也还没到办事处呢。”

“咦，是不是有点晚啊？他们两人可能去哪里逛了，我打电话给亚纪看看。”

婆婆挂了电话。她说“去哪里逛了”，表示晚回家今天不是第一次，或许我还是跟亚纪小姐说清楚才好。虽然如此，我也不好在办事处门口等待，只好继续检查原稿。

小晴的稿子也在传真送来的一沓采访稿中。报社通常都不让受访者看原稿，所以刊登出来的时候，常会惊讶地发现无心的一句话被夸大了之类的情形。小晴说“我希望能把阳子的心情正确地传达给读者”，所以传了原稿给我看。

在简洁的采访稿最后，小晴写了一段话：

在这个每天都有虐待儿童、疏忽儿童等悲惨新闻的时代，《蓝天缎带》让小朋友和父母都看见了充满未来希望的晴空。请一定要跟您的孩子一起阅读。

我在原稿确认完毕的回函上写了“谢谢你”。

办事处的门开了，是亚纪小姐。外面好像下雨了，她外套的肩膀部分是湿的。但是裕太没跟她在一起。可能是被婆婆催促，直接把裕太送回家了吧。

“亚纪小姐，多谢了。”

我把办事处的毛巾递给她，她惊讶地望着我。

“太太怎么在这里？”

“采访三点就结束了，我本来是要去接裕太的，打电话给你，但是你没接。”

亚纪小姐从皮包里拿出手机。

“啊，真的，我没注意到。糟糕，老太太也打来了。”

她不只没接我的电话，也没接婆婆的电话。

“亚纪小姐，裕太呢？”

“不是老太太去接他了吗？”

亚纪小姐一脸茫然地反问我。

“婆婆没有去。她半个小时前打电话过来说裕太还没回家，然后说要打给你。怎么回事啊？你没有去接裕太吗？”

“我去了啊。稍微晚了一点，游泳课已经结束了，我去公园看到同班小朋友的妈妈们坐在长凳上，就问了她们。她们说裕太跟来接他的人一起回去了，可能是他奶奶吧。我以为一定是老太太去接他了，所以就自己回来……”

亚纪小姐的声音渐渐微弱下来。到底是怎么回事？我拿起电话拨了家里的号码，还没响三声婆婆就接了。

“妈，裕太回去了吗？”

“没有啊。难道也没回办事处吗？”

“亚纪小姐刚刚回来了，但是她说有人先把裕太接走了。同班小朋友的妈妈说可能是奶奶接走的。”

“你知道我一直在家里啊。”

“您知道会有谁去接裕太吗？”

“我从来没拜托过亚纪以外的人去接他。出什么事了？这下怎么办？”

婆婆的声音里充满了不安。

“妈，您就待在家里。要是裕太迷路了还是出了什么意外，或许家里会接到消息。我现在就去游泳学校附近找找。”

我挂了电话，岩崎先生察觉事情可能不简单，说要开车跟我一起去。

“亚纪小姐。”

我叫她，她却一直低着头。可能是正在自责，希望别人不要管她，但现在她不跟我一起去问清楚状况可不行。

“亚纪，我也一起去吧？”

道代女士好像要安慰亚纪小姐般说道。

“不用了！”亚纪说着推开道代女士道，“我去就好。”

她连伞也没带就冲出办事处。我跟道代女士说要是办事处接到什么消息，请她立刻打手机给我，然后跟岩崎先生一起追着亚纪出去。

岩崎先生是正纪的同学。

他们家离得很近，小学、中学、高中都同校，是非常要好的朋友。他开了一家小酒馆，选举季节逼近时他就拜托母亲照顾店，自己以后援会会员的身份到办事处来帮忙。

上回选举的时候，他也帮忙举办了同学会和参选派对，真的出了非常多的力。

我们到达游泳学校，三个人一起到柜台前，跟接待小姐说裕太还没回家。

四点游泳课结束以后，跟裕太同班的良介的妈妈准时来接他，换完衣服大概四点二十分，裕太跟良介母子，还有其他三四个同学一起离开了。

“真的是裕太吧？带他们走的是良介的妈妈对吧？”

我不由得急了起来，再度确认。

“是的，没错。那个……”

接待处的小姐对站在我身后的亚纪说：“您五点多的时候来过，那个时候就没看到裕太同学吗？”

“嗯。”亚纪微微点头。

“亚纪小姐，你五点才来这里？”

亚纪在车上也没说话，我这才第一次知道她到这里的时间。

“我有点事。”

“要是晚到的话，你跟我或妈妈联络一下就好了啊。”

我虽然还有别的话想说，但现在不是时候。亚纪又不说话了。我们离开游泳学校，朝公园走去。太阳下山了，还下着雨，公园里一个人都没有。

“裕太！裕太！”

我大声叫着他的名字。秋千、滑梯、沙坑……到处都没有裕太的踪影。

“裕太，你在哪里？”

“不要着急，阳子太太。”

我把伞扔到一边，在游乐设施之间找寻裕太，岩崎先生替我撑起伞。

“照着时间顺序来想吧。”

我们回到公园门口。亚纪茫然地站起来。

“亚纪小姐，你来的时候是什么样子？”岩崎先生问道。

“我在公园里看了一圈，没看到裕太。以前见过几次的两位同班同学的妈妈刚好坐在那边的长凳上，我就过去问了她们。”

亚纪指着公园入口附近的长凳说。

“是良介的妈妈吧？”

“大概是吧……”

我打电话给良介的妈妈。我手机上记了裕太游泳学校十个同班同学的监护人电话和电子邮件地址。

幸好良介的妈妈立刻就接了。我跟她说裕太还没回家，她很担心，请我们到她家去，好详细说明情况，我们就去了。

良介家就在游泳学校附近。

同班同学会定期聚餐，大家感情很好，第一个接小孩的家长会把大家一起带到公园去，这是家长们的默契。老师会一直照顾到同学们换好衣服，所以每位家长都知道四点钟一定要去接。

良介的妈妈在玄关跟我们说她四点到游泳学校，四点二十分左右带着孩子们去公园。接待处的小姐也是这么说的。

孩子们在公园玩捉迷藏之类的游戏，良介的妈妈则和稍后来的真由同学的妈妈一起坐在公园入口的长凳上。

“真由的妈妈没过多久就来了。我们聊了一会儿，就听见裕太说拜拜的声音，我们看见他跟一位女士牵着手走出公园。”

“是怎样的人？”

“只看到背影，她戴着帽子没有看见脸，但从衣服的感觉知道是有点年纪的人。真由的妈妈也说不是裕太的奶奶啊。”

“有什么奇怪的样子吗？”

“要是有的话，我们一定会叫他的。但是他很自然地跟她牵着手走路。真的。他说拜拜的声音也跟平常一样开朗。”

我跟裕太说过不知道多少次，不能跟不认识的人一起走。就算有人跟他说爸爸、妈妈生病了或者出了意外，也绝对不能相信。要是有人想带他走，我教他一定要大声叫“救命”。

他是跟偶然碰到的认识的人一起走的吗?

“那位女士有什么特征吗?”

“这个嘛……她戴着丹宁布的帽子，穿着咖啡色的针织上衣，宽松的米色长裤。看起来都是这附近的商店街卖的衣服。对了，她背着一个很大的袋子。好像是哪里的环保购物袋……我不太清楚，问一下真由的妈妈好了。”

良介的妈妈当场打电话给真由的妈妈，问带裕太走的那位女士背的是什么袋子。

“是‘快乐城’的哦。”

那是公路旁边的大型购物中心的袋子。

那位女士跟我脑海中浮现的女性的特征完全符合。

……手机响了。不是我的，是站在后面的亚纪的。

“怎么了? 我知道了。”

亚纪说完挂断电话。

“谁?”

“我妈妈。”

“裕太回去了吗?”

“不知道，只叫我们立刻回办事处去。”

我跟良介的妈妈道谢，跟她说或许是我娘家的妈妈接走了，让她不用担心，然后匆匆离开了。

我在车里打电话到办事处，接听的人不是道代女士，而是后藤先生。他说不方便在电话里说，要我们快点回办事处。

婆婆好像也要去办事处。

裕太怎么了？……为什么不让我们回家，而是去办事处呢？

我打开手机，看着正纪的电邮地址，但不知道该怎么跟他说明，只好再把手机收起来，还是先回办事处确认一下情况吧。

开车的岩崎先生和后座的亚纪也都一言不发。

裕太并不在办事处。那里只有后藤先生、道代女士和婆婆三个人。后藤先生找了适当的理由让后援会的工作人员先回去了。婆婆在沙发上弓着背坐着，道代女士在她旁边。

后藤先生递了一张纸给我。A4 的复印纸。

令郎在我手上，要是想让他平安回来，就把真相公之于世。不要做没用的事，想想白川溪谷事件吧！

字迹好像是用尺画出来的，怎么看都是恐吓信。

裕太被绑架了。

我的膝盖抖个不停。

“这是刚才那边的传真机收到的。”后藤先生说。

“报警了吗？”

我问后藤先生，他摇头。收到了恐吓信却什么也不做，这些人到底是在做什么！我拿起桌上的电话。

“等一下。”

后藤先生压住话筒。

“要报警吗？”

“没错。为什么阻止我？裕太被绑架了啊。”

“但是信里叫我们想想白川溪谷事件。”

我放下话筒。看见恐吓信让我脑海中一片空白，没注意到最后一句吓人的话。信里并没说不能报警，只提了实际上发生的案件，意思自然是只要报警绝对会酿成悲剧。

白川溪谷事件是去年县内一个女高中生被一直跟踪她的男人绑架，最后在白川溪谷被杀害的案子。

刚被绑架的时候，男人打电话到女高中生的家里说：“三天后把女儿还你们，不要报警。”女孩的爸妈偷偷报了警，一天之后，男人再次打电话来说：“你们的女儿没事，后天就送她回来。”那时在女孩家里等待的警察中途接了电话。

这种案子通常警察不会表明身份，只说是家人或亲戚，询问被害人的状况，但这次接电话的警察说：“我是警察，不要做蠢事，立刻送 ×× 小姐回来。”嫌犯挂了电话，在那之后音信全无。一星期后，女高中生的尸体在白川溪谷被人发现。

一个月后，嫌犯在九州的网吧被警方逮捕。问他为什么要犯案，他说：“我想跟她一起去迪士尼乐园，留下美好回忆，这样就可以忘了她。但是被警察知道了就去不成了，悲愤之下就把她勒死了。”

全国的媒体都沸沸扬扬地报道了警方的这次重大失误。高中女生的遗体并没有遭到亵渎，要是警方不在电话里表明身份的话，女孩或许就能平安回家。评论者异口同声地批评警方行事轻率。

——要是不报警，乖乖听嫌犯的话就好了。

女孩爸妈哭着这么说的影片在电视上反复播放。我也想起当时要是换成我报了警，也会后悔一辈子的。

虽然在同一个县内，我并不觉得警察会以那次案件为教训而谨慎行动。警方虽然备受各方指责，但仍旧坚称当时的应对并无不当之处，因为嫌犯一开始就打算杀害高中女生。最后警方到底有没有道歉我也搞不清楚了。

把裕太带走的嫌犯并没有给我们出无理的难题。要是我们听他的要求，裕太应该能回来。

“这是陷阱。要是让警察看了恐吓信，事情公开的话，谁都会以为正纪做了什么亏心事。这样一来，这次选举就没有胜算了。”

后藤先生这么说。我本来觉得或许不报警比较好，但后藤先生的话让我十分反感。他担心的是选举啊。

“你是说选举比裕太重要？”

“两者都很重要。你不明白状况。”

我看见弓着背坐在沙发上的婆婆不安地望着这里。她要是担心裕太的话，应该要说服后藤先生的，但她却什么也没说。显然只有我一个人不明白状况。

“不明白就不明白。我还是要报警。”

“请等一等。我并没有说要对裕太见死不救，大家先一起想想有没有什么好办法吧。为了裕太的安全着想，不轻举妄动比较好吧？外面可以清楚看到这间办事处里的动静。要是报警的话，嫌犯一定会知道。”

我望着大玻璃窗，上面虽然贴着正纪的海报，但还是能清楚看到外面的样子。后援会提过要装百叶窗，但被正纪否决了，说这里没有什么需要遮掩的。

恐吓信不是送到家里而是送到办事处，就是要监视我们的行动吧。

“但是警察应该也不会犯同样的错误才对。”岩崎先生说。

“就算在电话里不说，警察来这里不也一样吗？”亚纪小姐说。

我觉得他们说的都不无道理。

“那裕太要怎么办呢？”

没有人回答。正纪……我拿出手机。

“你要打给谁？”后藤先生问。

“正纪。这么严重的事不能不告诉他。”

“请不要这样。”

“为什么？”

“告诉议员的话，他一定会立刻回国。还有两天回国，而且明天有重要的会议。”

“他的儿子被人绑架了啊！而且正纪又不是一个人出差，事情可以拜托别人处理一下。”

“是非议员处理不可的事。明天是他在这四年间推动的政策有没有成果的关键时刻。上次选举靠着老议员的吊唁票，这次选民则会判断正纪议员本身是否够资格连任。只做过一届的议员要在任期中推行自己的政策是很困难的，连任的选举必须在没有实际政绩的情况下进行。但是，明天会议的结果可以决定正纪议员是否能有实际政绩竞选连任。嫌犯也是看透了这一点，才在今天绑架了裕太。我们不能中了嫌犯的计。”

“那要怎么办呢？”

“大家一起想办法吧。要是能知道犯人的目标，或许就有什么对策了。拜托，不要打电话。”

我把手机放在桌上。

“道代，不好意思，请你泡些咖啡。大家都喝一杯吧。”

后藤先生这么说，道代女士起身去准备咖啡。亚纪也帮忙从柜子里拿出杯子。

“你也坐吧。”

后藤先生催促我在办事处角落的位子坐下。

“有没有什么茶点？”

后藤先生问岩崎先生。

他怎么还有心思说这种闲话？虽说后藤先生脸色很不好，但我觉得并不是因为担心裕太才这样。难道办事处里真的有什么见不得人的事情吗？

他并不是在担心选举，而是害怕已经发生的事会被公开。而且这件事牵连的不只是正纪，不，不如说跟后藤先生大有关系。是担心非法政治献金那件事吗?

到底该怎么办才好?

要裕太平安回来……就把真相公之于世。

但是我对办事处的事，特别是跟金钱有关的，一无所知。现在问后藤先生他也不会说实话。其他人在后藤先生面前，应该也什么都不会说。

到底该怎么办?怎么办呢……怎么办呢……结果我也只能抱头坐着，一筹莫展。

我看见眼前自己微笑的脸，是采访稿上附的我的照片。要是没画什么绘本就好了，要是没当绘本作家就好了，不接受采访就好了，这样我就可以去接裕太了。

不，我今天是可以去接他的。我可以在亚纪的手机语音信箱留言，就算让她扑个空也可以去。裕太吃不到冰淇淋会很失望吧。我竟然为了这种无聊的念头而没去接他。

“亚纪小姐，你没法准时去接裕太，为什么没联络我或者老太太呢?”

我生气地问她。

“就算我准时去接他，他也要去公园玩，要不就要吃零食，那孩子太任性了。我不想跟无聊的家庭主妇一起聊天，什么事也做不成，光在那里看他一个小时。这样的话五点去接就好了。我可是议员的秘书啊，为什么非得做你该做的事不可呢?”

“难道不是亚纪小姐自己说要去接送裕太的吗?”

亚纪把视线从我脸上转开，望向道代女士。

“那是妈妈的错。她说一定要让那个人成为畅销作家才行，铆足了劲安排，还好像以为自己也是名人了。完全只顾着眼前。”

“没有这种事。”道代女士说。

“对我也是，叫我要为了当正纪先生的贤内助做准备，练习做家务，不要到别的地方上班，就当正纪先生的秘书好了，代替那个人处理高仓家的事，妈妈一直都是这么说的。什么贤内助！我不知道妈妈想干什么，也不要想到什么就命令我做什么，总之跟我都没关系！”

亚纪跑出办事处。

“亚纪小姐！”

站在门边的岩崎先生叫她，但亚纪连头也没回。

“这样不要紧吗？”

岩崎先生虽然这么问，但后藤先生应该是相信亚纪小姐不会做出对办事处不利的事情，并没有要去追的意思。道代女士也在婆婆旁边坐下，微微点头而已。

我一直都很嫉妒把高仓家当自己家出入，也备受婆婆疼爱的亚纪小姐。正纪说，虽然父母辈总是半开玩笑说要把他们凑成一对，但他对亚纪从来没恋爱的感情。然而他们两个聊着我不知道的往事，我还是觉得很不安。

更有甚者，虽然是夫妻，但有些事情还是必须保密的。正纪的工作内容我几乎都不知道，亚纪小姐却理所当然地全都清楚，这让我十分不甘心。

但是我从来没想过亚纪小姐的心情。

亚纪应该不认为跟正纪结婚只是父母辈的玩笑吧。她把正纪当成结婚对象，有可能真的喜欢他，也可能做了许多努力。

然而，有一天突然出现了一个来历不明的女人，既没有家世，又不知道如何当政治家的妻子，也完全没努力过……而且老太太还说这人是养女，亲生父母都不知道是谁。

要是我的话也会觉得被背叛了。

亚纪小姐刚才好像说她想去别处工作，但被道代女士阻止才不得不当正纪的秘书，但事实上是因为亚纪小姐找不到工作，在家无所事事，后藤先生跟正纪和婆婆拜托，才让她当正纪的秘书的。我希望正纪能拒绝，但又说不出口。

后藤先生对正纪有恩。这个地区的选举投票率也年年下降。虽然大家以为有年轻的人出来竞选就会受到年轻人的支持，但年轻人几乎都不投票。投票的人年龄都偏高。这些人通常都不愿意把政事交付给跟自己的儿子或孙子同龄的人。因此正纪需要地方名人后藤先生的影响力。

既然是后藤先生拜托的，那就没办法了。差不多是这样的状况。

如果亚纪小姐真的不想当秘书，那么她每天是以什么样的心情，跟已经结婚的正纪一起工作的呢？而且还要替我接送裕太。

里田家的爸妈从来不强迫我做什么事，但我多次觉得那是因为我是养女。要是我是他们亲生的，一定会不客气地直说吧。进入社会之后我还是得晚上九点回家，穿得花哨一点也会被念叨，我都只默默听话而已。

但是就算有血缘关系，也不能想说什么就说什么。我成了绘本作家之后，一天到晚接受采访，亚纪小姐终于忍耐不住了。她母亲以前一直都瞧不起我，现在突然把我捧上了天，她一定非常不爽……

亚纪小姐五点之前都在做什么呢?

可能是亚纪叫人去把裕太接走的。但这样一来恐吓信就说不通了。

时间一分一秒地过去。现在裕太怎么样了呢? 是不是很害怕……谁来帮帮我们啊!

小晴。

后藤先生守在电话前面喝咖啡。我的手机放在电话旁边。这要如何是好?

“对不起，我要用一下传真机。”

后藤先生扬起一边眉毛。

“有一篇采访稿今天要截稿，我只是要传过去。要是后藤先生不放心的话，就请你传好了。”

我把五张 A4 的纸递给后藤先生，他说“不用不用”，让出电话前的位子。我按了电话号码和传真机的按钮，我的笑脸照片被送进了机器里。

*

无论是怎样离经叛道的事，不知者就无罪吗？

不知者就无罪吗？

能忘记就无罪吗？

无罪的话就不会受罚，也不用赎罪，可以像没事人一样幸福地过日子吗？

不，绝对不能原谅。

那就让她知道吧。

好换回重要的东西。

晴美

晚上九点，我前往高仓正纪议员办事处。

没有窗帘的大玻璃窗上贴着海报，我从缝隙间看见阳子抱着头坐在传真机前面。

通常在下班以后办事处还有很多后援会的会员在，但今天我打开玻璃门走进去，里面安静得简直不像车站前的热闹地点。

我环顾四周，这里只有阳子、后援会的会长后藤先生、后藤夫人、后援会的岩崎先生和阳子的婆婆五个人。其他人都哪儿去了呢?

"小晴……"

阳子扬起疲倦的脸，无力地叫我的名字。我很想立刻冲到她身边，但后藤先生讶异地望着我。除了阳子以外，其他人都不欢迎我吧。

"不好意思突然来打搅，我是每朝新闻T分社的相田。刚才高仓夫人把采访稿传真给我，我发现我们这里出了严重的错，打电话道歉太失礼了，所以到办事处来登门谢罪——"

我对后藤先生说。

"此外还有一些其他问题想请教高仓夫人，不知道能不能占用一点时间?要是没有空的话，跟裕太一起也没关系。高仓夫人对我非常亲切，我也见过裕太……"

我再度望着办事处内部。办事处只有一个大房间，虽然有隔起来的地方，但感觉不到有人在。

"对了，裕太呢?"我问阳子。

"那个……我可以跟相田小姐去隔壁的咖啡馆吗?"

阳子迟疑地问后藤先生。

"这里不就很好吗?"后藤先生回道。

阳子已经成为全国知名人士了，他只不过是地方名人的老先生，却跩得要命，阳子还得看他的脸色。

"要是被人误会在公告前进行选举活动就不好了，我们报社也希望能在办事处外面谈。”

我拉了阳子一把。提到选举，后藤先生也该让步了吧。但是——

“不，还是在这里吧。坐那边就好。”

后藤先生指着隔间。就算看不见人，谈话内容应该也听得一清二楚。

“您怀疑我会偷偷跟她说裕太的事吗？”

阳子盯着后藤先生说。

“够了吧。跟她说也无妨啊。从刚刚开始大家都闷不吭声地坐着，一点办法也没有。相田小姐是我的朋友，而且还是报社记者，说不定能提供一点意见。您要是担心的话，我们就在这里说。”

我第一次看见气急败坏的阳子。

“后藤先生，阳子太太说得没错。我们问问她吧。”

岩崎先生出来打圆场。阳子不等后藤先生回答，就要我在房子中央的沙发上坐下，而没带我到后面的隔间。

“小晴，裕太被人拐走了。”

阳子深深吐出一口气，跟我说了今天下午发生的事。

下午三点，阳子结束采访，就打电话给预定四点去接裕太的亚纪小姐，但是没有联络上。

下午四点，阳子到了办事处。

下午五点半，婆婆从家里打电话到办事处，说裕太还没有回家。之后婆婆也打电话给亚纪小姐，但是也没有联络上。

下午六点，亚纪小姐一个人回来了。

阳子、亚纪小姐跟岩崎先生三个人一起去了游泳学校，接待处的小姐说，裕太在四点二十分左右跟同班同学良介的妈妈，以及其他几个小朋友一起去公园了。亚纪小姐五点去接他，那个时候裕太已经不在了。

傍晚六点半，三个人去了公园，一个人都没有。

良介的妈妈说裕太在四点半的时候跟一位有点年纪的女士一起离开了公园。那位女士戴着丹宁布帽，穿着咖啡色的针织上衣、宽松的米色长裤，肩膀上背着“快乐城”购物中心的环保购物袋。

晚上七点半，三个人回到办事处。

阳子的叙述就到此为止。

晚上九点半，孩子可能被绑架了，发生这么严重的事，但办事处里并没有警察的踪影。

“警察呢？”

“……没有报警。”阳子回答。

“为什么？裕太被陌生人带走了吧？不立刻报警不行。”

“小晴，声音……”阳子望向外面。

“难道被恐吓了吗？”

我放低声音问道，从海报的缝隙间望着车站前的马路。

“……没有。”

阳子这么回答，好像征求后藤先生同意一般望着他。

“没错，我一直都在办事处。他们三个回来之前，什么都不知道。”

后藤先生说，坐在后面沙发上的后藤夫人也说：“对，真的吓了一跳。”

“难道大家就打算一直束手无策地坐在这里？”

我惊愕地望着阳子，她眼中含泪地点头。他们怎么坐得住啊，连我都坐立不安了。

“之前发生的绑架事件，嫌犯寄恐吓信或是要求赎金之类的，叫家属不要报警，家属不听报了警，结果嫌犯就撕票了，这种情况还蛮常见的。但现在嫌犯有可能只是想要小孩，或是一时冲动把孩子带走的例子也很多。在这里呆呆地等着嫌犯联络，孩子可能就被带到很远的地方去了。大家坐在这里的时候，嫌犯要是坐了新干线或飞机怎么办？”

我站起来，拿起后藤先生面前的电话。阳子的手机放在旁边。看来是后藤先生不让她报警的吧。

“等一等！”

阳子叫道。

“高仓家里可能有什么消息也说不定。裕太虽然知道我今天会到办事处来，但不知道的人会以为亲人都在家里吧。我现在回去看看，要是什么都没有的话，就用家里的电话报警，请警方寻人。这样可以吧，后藤先生？”

“请警方寻人啊。我没想到可以这么做。裕太不是被绑架，是在公园的妈妈们误会了。裕太以为是认识的人就跟着一起走，然后迷路了也说不定。那高仓家应该请警察帮忙找人。但还是请你慎重行事。”

后藤先生强调了“慎重行事”。在我抵达之前，大家并不只是茫然坐着，可能私下商量过了吧。阳子还有事情没告诉我。

“小晴，你是开车来的吧？”

“对。”我把车停在车站前的收费停车场。

“能麻烦你送我回家吗？”

“当然可以，快点走吧。”

我抓起桌上的手机，带着阳子离开办事处。

“小晴，谢谢你。”

阳子坐在驾驶座旁边的位子上说。

“不用道谢，没想到裕太会被人带走，我们快点回去吧。”

我把车开向高仓家。虽然只去过两三次，但路很好记。

“小晴在办公室说的话真的太好了。”

其实并不是采访稿有什么问题，我是被阳子叫来办事处的。

但我并不是在办公室接到传真的。阳子现在这个状态，没有必要跟她详细说明。我今天出去采访完毕之后就直接回家，传真是在家里收到的。办公室的年轻同事看见阳子写着“紧急”的传真稿件，便转传给我。

那是我今天送到议员办事处的采访原稿。稿子上虽然写着“紧急”，但事实上并没有那么急。上面附的回文也只写着制式的“采访稿内容已经确认，非常感谢”。

阳子的私事写在第三张纸上。一眼望去好像是修正采访稿内容的写法，但我一看就知道不是。

“请到办事处来带我离开。”

我急忙赶向高仓正纪议员办事处。当时我正在和到家里来玩的朋友一起吃饭，但也顾不了那么多了。我跟朋友说我可能会晚回来，请先睡吧。朋友送我出门，说“路上小心”。

的确是紧急情况。五岁的小孩被人带走了，大家却什么对策也没有。而且我赶到办事处的时候，阳子并没有惊慌失措，只是抱头坐着而已。一般做妈妈的都会坐立难安，在外面寻找，或是打电话问亲朋好友吧……

“你已经跟正纪先生联络了吧？”

“没有。”

“找不到人吗？”

“不是，因为他有非常重要的工作……”阳子小声地说。

我知道她当县议员的先生到韩国出差了，但现在是儿子出事了啊。难道不应该第一个就告诉他吗？

还是他们已经知道犯人是谁了呢？

有点年纪的女性，丹宁布的帽子，咖啡色的针织上衣，宽松的米色长裤，“快乐城”的环保购物袋——

前几天跟阳子一起在咖啡馆看到的那个女人，阳子到底有何感想呢？

我想问她，但已经到高仓家了。

我以为阳子想要立刻报警，但进入沉重的大门，到了放着电话的客厅，她并没有要伸手拿话筒的意思。我以为她是为了这个才要我带她离开办事处的，她却叫我坐下。

“你不报警吗？”

阳子无力地摇摇头，面对着我坐下来。

“你回到这里也没检查信箱或录音机。难道已经接到犯人的指示了？所以才迟疑要不要报警？”

“办事处接到了一个传真。”

“恐吓信吗？！上面写说要是报警就要对裕太不利？”

阳子默默地点头。

“这样就真的什么也不做，裕太也不会回来啊。”

我从包里掏出阳子的手机递给她。

“我明白嫌犯为什么选办事处，那里从外面可以看得很清楚，在那里的确什么也不能做。但是这里就没问题了。”

但是阳子把手机放在桌上。

“我本来也是这么想的，但我还是办不到。传真上写了‘不要做没用的事，想想白川溪谷事件’。”

大家对白川溪谷事件还记忆犹新。这么写果然比普通的威胁更有效果。

“所以就不报警了吗？你打算什么也不做就这样等待？”

“不，我跟小晴求救，不是只要你带我离开办事处而已。我有件事只能拜托小晴。请你帮我调查高仓议员办事处的秘密，刊登在报纸上好吗？”

“为什么突然要调查？”

“那是嫌犯的要求。恐吓信上说把高仓议员办事处的秘密公开，裕太就可以平安回来。”

“绑架跟选举有关吗？没想到现在还有这种事，所以后藤先生他们才推三阻四地让你什么事也不能做吧。”

阳子到底有多天真啊。我不知道她想保护什么。

“总之，我想听从嫌犯的要求。但是说来很丢脸，办事处的事情我真的一无所知。就算想要调查，只要后藤先生在，就连半份文件也看不了。我只能拜托小晴了。”

半年前高仓正纪议员涉嫌收取非法政治献金，接受过警方的调查。我们报社也报道过。

“阳子说的如果是半年前非法政治献金那件事，我查得到的可能也只有公开资料的部分，因为那件案子没有起诉，没有实质性证据的话是不能见报的。”

“那就告诉我你查到的情报，还是可以在网络上或用其他方式公开的。”

“知道了，我会尽力的。”

“小晴，谢谢你。”

阳子好像松了一口气般说道。

“但是嫌犯说的秘密真的是办事处的事吗？恐吓信上是那么写的吗？”

“上面写的是‘把真相公之于世’，所以我以为是非法政治献金那件事，除了办事处之外我想不出还会有什么秘密啊。小晴觉得还可能是什么事呢？”

“选举快到了，或许大家都会联想到正纪先生或是办事处，但我比较在意带走裕太的那个女人。她的特征不是跟我采访阳子那天看到的那个女人一样吗？”

“我也发现了。”

“如果是那个人带走的，她和选举有什么关系呢？”

“我不知道。但是我在办事处附近也见过她，或许是有人要她来打探情况的。”

“是吗……我觉得那个人跟选举无关，是对阳子有兴趣。”

“我？但是传真是送到办事处的啊。”

“那是因为办公室的传真号码比这里的容易查到吧？”

“那恐吓信里说的真相指的是我的事？难道是要我公开我的身世？是谁为了什么要这么做？”

“阳子的名气比自己想象中要大。即便素昧平生的人也可能会嫉妒你的。”

“怎么会这样……我果然还是不该接受那个奖的。但是，如果真相指的是我的身世，那我现在就可以公开。小晴就在采访稿上加一句，说我出生后不久就被送到‘友爱园’，我是一个身份不明的孤儿。”

“没问题，但这样真的好吗？”

“无所谓。但是我这么做，谁能得到好处呢？媒体会觉得可以炒作，绘本可能卖得更好，我也不觉得会对正纪的选情造成多大的影响。”

阳子始终觉得所谓的真相指的不是自己，而是办事处的事。

“我也不想相信会因为身世被恐吓。但是现在带走裕太的嫌犯线索只有那个女人，还是得考虑一下各种可能性。我会去报社调查议员办事处的情形，也会想办法调查一下那个女人。对了，传真是从哪里送来的？”

“微笑超市 K 分店。”

阳子立刻回答。既然知道发送地点，只要报警立刻就可以听取店员的证词，调出监视录像带来看，几乎等于立刻就能知道那个女人的身份了。

“K 分店不是就在游泳学校附近吗？我去那里问问看。”

“小晴，谢谢你。真对不起，你工作这么忙还麻烦你。”

阳子握着我的手说。

“你说的什么话，这个时候你能想到我，我很高兴。”

“因为我只有小晴你一个亲人啊。”

阳子找我帮忙我很高兴，但她就这样不打算跟正纪先生联络了吗？

“要怎么做？我打算今天晚上调查办事处，明天去游泳学校附近问问。如果阳子害怕的话，办事处就明天再查，今晚我在这里陪你好了。”

“我没关系的。嫌犯可能还会联络，我打算回办事处去。”

“我知道了。那明天呢？一大早就去办事处吗？”

“不，我会在办事处过夜，天亮再回来。小晴还到这里来，调查到的事情别让后藤先生他们知道，设法公开，然后我们一起去游泳学校附近找吧。”

阳子好像不想让我担心，露出笑脸站起来。她跟以往一样挺直了脊梁。阳子的坚强让我稍稍吃了一惊。

阳子能这么平静，是因为自身的境遇让她缺少母性，还是因为自身的境遇让她比一般人坚强呢？

不论如何，我都要做好自己该做的事。

阳子想知道的办事处的秘密，应该是东西组建设公司疑似非法提供政治献金的案子。

警方和报社一起收到匿名信件，告发东西组给了高仓正纪议员办事处一千万的非法政治献金。高仓正纪议员和办事处均予以否认。警方因为查不到证据，才没有对这个案子起诉。但是我觉得这可能是事实也说不定。

政治献金并不是从正纪先生这一代才开始的，也可能是从前任议员的时代流传下来的习惯。从中经手的是后援会会长后藤先生。他让女儿当正纪先生的秘书，这样就可以轻易掌控秘密账簿。正纪先生到底知道多少呢?

阳子什么也不知道，这点显而易见。但我实在很难相信正纪先生毫不知情。

但是我知道的也就仅止于此。警方调查结果是不起诉，我花一个晚上也不可能查出什么实质性的证据。

就算要救被绑架的孩子，也不能凭空捏造事实吧。

关于这件事，我只能设法调查内部告发的人是谁。或许可以跟那个人询问内情，然后在网络上公布告发信。但是阳子能够不跟正纪先生商量就这么做吗?

阳子不会真的相信，这么做裕太就会回来吧?

嫌犯说要孩子平安回来就要公开真相，阳子为什么不认为这指的是自己的事呢?她突然成了有名的绘本作家，也可能遭不认识的人嫉恨的，一定有人在哪里算她拿了多少版税。她不会想到那些人要暴露她的丑事，怀着恶意调查她吗?

我虽然提醒她有这种可能性，但她似乎认为是办事处的事。

她完全不在乎自己的身世吗?跟有社会地位的丈夫组建了家庭，也生了孩子，所以就不再在意自己是父母不详的孤儿了吗?

也有可能是亲生父母或亲戚知道阳子的事情。嫌犯的目的并非金钱，而是想认亲才把裕太带走，希望阳子调查自己的身世也说不定。她难道没想过这点吗?

要是在情急之下，被迫在一两天内调查自己身世的话，阳子早就去做了吧。

果然阳子已经毫不在乎自己的境遇了。

常有人说就算不在一起生活，真正的亲子还是可以一眼感受到彼此。这只是迷信吧。

我复印了明天必须给阳子看的新闻报道。

到底该如何调查内部告发的人呢？虽然现在时间已经很晚了，我还是得打电话问几位同行。当然，不能透露绑架案……

朋友难得到家里来住。

现在已经睡了吧。

*

饱经风霜的年长妇女用剪刀剪下报纸上的报道。

她看着剪报好一会儿，然后放入透明文件夹。

“晚安，阳子。”

她用温柔的声音说，把文件夹细心地放进“快乐城”的环保购物袋里。

阳子

晚上十一点。裕太现在在干什么呢？

他有没有可以好好睡觉的地方呢？有没有吃晚饭呢？

小晴离开之后，我不断地想是不是报警比较好，在家里的电话前迟疑着，不知几次拿起话筒又放下。但是小晴也没有极力劝我报警，所以应该是暂时不要报警的意思吧。

小晴身为记者，白川溪谷事件她应该知道得比我更清楚。警方在记者会上说他们的处理方式并无不当，如果真是这样，小晴应该会坚持让我报警才对。

……电话响了。是嫌犯吗？我深呼吸了一下，拿起话筒。

“高仓家。”

“阳子吗？”

“正纪！”

正纪的声音从电话另一端传来。裕太的名字鲠在我喉间，我急忙制止自己。

“裕太的事我听说了。”

“咦？”

正纪说他刚才接到岩崎先生的电话。岩崎听到后藤先生叫我不要告诉正纪，觉得此事非同小可，于是离开办事处到外面去偷偷联络了正纪。

“我明天搭最早的班机回来。”

“但你不是有重要的会议吗？”

“裕太出了这种事，哪顾得了这么多？”

正纪这么说让我非常高兴，但是我担心他回来打算干什么。我想他已经从岩崎先生那里得知恐吓信的内容，并且被告知暂时不要报警，等待嫌犯进一步的指示比较好。

嫌犯会不会有进一步的指示还未可知，但正纪说在我们调查真相的时候，对方可能会指定公开的方式。

“真相是指什么呢？”

我这么问，正纪一言不发。果然他好像心里有数。就算他回国，真的会公布真相吗？

“正纪，求求你，救救裕太吧。”

干脆让他按照预定时间后天回国，我明天瞒着他公布小晴调查到的内容，这样裕太或许可以平安回来。

我不信任正纪。就算裕太平安回来，在那之后我们三人能幸福地生活下去吗？

“我会尽力说服后藤先生的，阳子不用担心。也不要跟后藤先生说我要回国了。”

正纪安慰我说不会有事的，就把电话挂了。

正纪要回来了。这虽然替我壮了胆，但他说要说服后藤先生，让我吃了一惊。果然办事处的秘密只有我不知道。

正纪从小就仰望着父亲的背影，怀抱着在政坛上大展身手的梦想长大。上次选举的时候他跟我说，他想要改善这个世界，每个人手中的一票都包含着这个希望。

“——当然也有人只希望自己能得到幸福。但是大部分人都希望家人，特别是希望自己的孩子能幸福，怀抱着让这个社会更好的希望而去投票。

“我觉得我好像只希望能当上议员。人们对现在的社会情势缺乏危机感。虽然我并不觉得未来会更好，但也会乐观地觉得在自己还活着的时候，生活应该不会跟现在有太大的不同。

“但是裕太出生以后，我就觉得未来不只是十年、二十年或三十年的事情而已。裕太成人的时候这个社会会变成什么样子呢？他结婚生子，他的孩子成人的时候呢？我希望现在的社会状况能持续一百年、两百年。不，我希望未来的社会比现在更好。

“——这都是托了阳子和裕太的福。”

正纪这么说，所以他为了裕太会放下重要的工作赶回来。然后不管会有什么后果，都会将真相公之于世。

这样的话，正纪会怎么样呢？

如果所谓的真相是指小晴疑心的我的境遇，那就公布我的身世好了。但这样会不会被人指责，说我用不知自己双亲是谁的这种境遇，来博取世间的同情呢？

要是我成为正纪的绊脚石的话，那就离婚好了。

“你被好人收养，把你当掌上明珠般抚养长大，不要说的好像了解孤儿的痛苦一样。有着相同境遇的人会觉得很不愉快吧。”

虽然我出版的绘本内容是想念真正的亲人，但里田家的爸妈一直都支持我身为绘本作家的活动。阳子以前就很会画画啊，他们说着拿出我小时候在母亲节、父亲节画的父母画像，三人一起观赏。我以为这些东西早就被丢弃了。

他们把我当亲生女儿一样养大，但世间的人可能会以为我是对里田家的爸妈有所不满，所以才画那样的绘本。要是有人误会里田的爸妈虐待或是忽略我，那我就真的太对不起他们了。

即便如此，要是能让裕太平安回来，正纪可以继续当议员的话，公开身世不算什么。或许我该把裕太的事告诉里田的爸妈。

不，那只会让他们担心而已。

虽然办事处有见不得人的事，但正纪一定不知道。

这或许是我自私的想法，但我还是希望，小晴调查的结果也是这样。

我回到办事处，跟我离开时一样，后藤先生、道代女士、婆婆和岩崎先生四人都在。

“有什么消息吗？”

我问到门口迎接我的岩崎先生。

“这里完全没有。家里呢？”

“家里也什么都没有。”

“这样啊。不要一直站着，休息一下吧。”

房间中央的桌子上有个塑料袋里放着便当和饮料。好像是岩崎先生买来的，但完全没有人动过。岩崎先生是说出去买便当，趁机打电话给正纪的吧。

“岩崎先生，谢谢你。”

“没什么，我能做的也只有这些了。”

要是我说谢谢他打电话给正纪，他应该会有不同的反应，但后藤先生好像以为我是说便当的事。他问我回家吃没吃过东西，我摇头。他从袋子里拿出一个便当，说还是吃一点东西比较好，然后请道代女士去泡热茶。道代女士虽然起身了，但我觉得不好意思，便自己去泡茶。

“你请警察协助寻人了吗？”

仍旧在沙发上缩成一团的婆婆无力地问道。

“没有。我跟相田小姐讨论过了，她听说嫌犯提到白川溪谷事件，也没建议我报警。”

“你跟她说了恐吓信的事啊！”

后藤先生责问我。

“我没有跟她说恐吓信上要我们‘把真相公之于世’那句。”

“那你跟她都在做什么，为什么到这么晚？”

“我们在说把裕太带走的那个女人。其实大概两星期前，我在我们家和办事处附近看到过一个形迹可疑的女人好几次。前天，我在游泳学校旁边的咖啡馆接受相田小姐采访的时候，也看见她了。那个人的特征和把裕太带走的女人很像。明天，不，已经是今天了，相田小姐会去游泳学校附近打探一下。”

“这么重要的事为什么不早说？要是早说这附近有形迹可疑的女人出没，事情也不会搞成这样。”

“对不起……”

我只能道歉。后藤先生说得一点也没错。正纪也说了差不多的话。虽然这听起来像是借口，但我从那个女人身上完全感受不到恶意。

正因如此，我甚至还抱着莫须有的期待。但这话不能在这里说出口。

“在这附近见过好几次，或许她可能住在附近。‘快乐城’的购物袋虽然不稀奇，但每次都背着的话，反而挺显眼的。相田小姐要是去游泳学校附近打探的话，那么，天亮以后，我就在这附近问问好了。”

岩崎先生说。通知正纪的也是他，我觉得他是办事处里唯一站在我这边的。

“对了，后藤先生，虽然这么说有点过意不去，但我们可以再确认一下亚纪小姐为什么没有准时去接裕太吗？”

“这跟亚纪没关系吧？”

“我并不是在怀疑亚纪小姐。只不过之前不管是公事还是私事，亚纪小姐都从来没有迟到过吧？单身的亚纪小姐跟妈妈们一起在公园或许很难受，但这次什么也没说就迟到一个小时，实在不像亚纪小姐的作风。”

“那你是说亚纪在说谎？”

“我只是假设而已。比方说嫌犯为了带走裕太，把亚纪小姐叫到别的地方故意让她迟到，这也不是没有可能的。”

岩崎先生的话让我也不禁点头。

“原来如此。但如果是这样的话，亚纪应该早就说了吧？她刚才就是因为觉得对不起大家才离开的。要是有这种情由，她应该早就说了。”

后藤先生说着望向道代女士，道代女士也点头。

“或许有什么把柄在人家手上。”

“她会有什么把柄？”

“比方说非法政治献金之类的。”

岩崎先生这么说，后藤先生脸色一变。亚纪小姐是正纪的秘书，非法政治献金的案子她自然很清楚。

要是这样的话，嫌犯知道只要对办事处的人提起政治献金的事，就能控制他们的行动了。

裕太竟然因为这种事情成为牺牲品。

“我回家去问亚纪看看。”道代女士说。

征询后藤先生同意后，道代女士跟婆婆说：“我马上就回来。”然后就离开了。后藤家离办事处走路大概十分钟。

大家在讨论的时候，婆婆只一言不发地坐着。婆婆知道办事处的秘密吗？可能岩崎先生也知道，毫不知情的只有我一个人而已。

我能问岩崎先生吗？

就在此时，皮包里的手机振动了。是小晴传来的短信。

“要小心岩崎先生。详细情况明天再说。”

到底是怎么回事啊？岩崎先生怎么了？

“什么事？”

岩崎先生望向这里问道，我急忙合上手机。

“小晴好像有点担心我。”

这里没有我可以信赖的人。我想独处，但是我离开这里的期间，要是嫌犯再联络的话，他们会不会告诉我都很难说。这样的话不如让大家都离开。

“各位，已经很晚了，还是先回家吧。我在这里过夜就好。”

虽然我这么说，但没有人动弹。后藤先生可能是担心我会在办事处里调查什么，婆婆大概是不想自己一个人吧。

“那我就先回去了，明天早上再来。”

岩崎先生站起来。

“多谢您了。”

我对岩崎先生说，送他到办事处外面。

“您要挺住。”

他还鼓励了我。我不明白小晴的短信是什么意思，但我愿意相信他联络正纪是出于善意。

只剩下我和后藤先生还有婆婆三个人。

我在入口附近的椅子上坐下来，听到电话的声音，是后藤先生的手机，看起来好像是道代女士打来的。“什么？”后藤先生的表情僵硬起来。

“被岩崎先生说中了。”

后藤先生拿着电话对我说。

“今天早上有人打电话到办事处来找亚纪，把她叫了出去。”

“亚纪小姐怎么说？”

“她确实是去了，但时间到了好像没人来。”

“这么重要的事为什么刚才不说呢？”

“……她接到的电话内容是说你用采访当借口，其实是有外遇了。要是亚纪现在去某个地方守着，就可以逮到你红杏出墙。这样就可以把你赶出高仓家了。打电话来的人是这么说的。”

“我怎么可能有外遇！而且我的采访行程只要跟道代女士确认一下，立刻就可以知道了。”

“打电话来的是怎样的人？”

后藤先生在电话里询问。我觉得直接叫亚纪来跟我说比较快，但她一定不肯跟我讲话吧。

“打电话的时候，对方好像动了什么手脚，声音很模糊，不知道是男的还是女的。”

“这样啊……”

这种奇怪的电话为什么相信还真的去了呢？我没有问出口。

“这样可以了吗？”

后藤先生跟我确认之后，挂断了电话。道代女士好像就留在家里陪亚纪了。

后藤先生坐在房间中央的沙发上，抱着头说：“怎么会这样？”

就算亚纪是被利用的，这样一来也成了绑架的从犯。只不过把亚纪叫出去的人，对办事处的内部情况甚为了解。因为嫌犯知道怎样说可以让亚纪听话。

……是岩崎先生吗？

“阳子太太，我住在办公室就好，你带着婆婆回家吧。”后藤先生说。

他可能有想要处理掉的东西也说不定。

“我要待在这里。嫌犯可能会联络。”

“有消息的话我会立刻联络你的。就算是不想让你知道的事情也一样。你可能会怀疑我，但我是为了弘子太太好。”

的确，婆婆看起来非常疲累。在这里过夜的话，对她的身心负担太大了。但是她一个人回高仓家的话，应该也没办法睡着吧。

“后藤先生，没关系的，我留在这里。想到裕太我就没办法安心上床睡觉。”婆婆说。

她担心裕太。她也是站在我这边的，我胸中一热。对我而言，只有裕太跟我血脉相连，但裕太跟婆婆也是血脉相连的，正纪也是。

正纪不可能把政治家的生命看得比自己儿子重要。我竟然曾经怀疑他，一定要好好跟他道歉。

婆婆强打精神，打开便当挑了几口菜吃。

“能麻烦你泡茶吗？”

婆婆对我说，我泡了三人份的茶。

“我也吃一点，你呢？”

后藤先生从袋子里拿出一份便当放在我面前。里面有裕太喜欢的汉堡，裕太现在……我无法拿起筷子。

于是我们三个人就这样在办事处里，怀抱着各自的思绪，度过漫漫长夜。

希望裕太能够平安无事。

电话跟传真机毫无动静。

*

黎明前的微笑超市 K 分店。

戴着丹宁布帽，穿着颜色朴素的衣服，背着“快乐城”环保购物袋的女性，在店里的角落发传真。

第三部

枞树町谋杀案

晴美

早上七点，我按下高仓家厚重大门旁的门铃。

今天我请了带薪假。

昨天阳子说“一大早”，所以我现在就来了。虽然可能有点太早了，但阳子一定没睡吧。别说早餐，连昨天晚餐可能都没吃。我在路上的便利商店买了三明治，打算让阳子泡杯咖啡，我们一起吃早餐，跟她说昨天晚上调查到的事。

阳子来开门。她穿着跟昨天一样的衣服。

昨天晚上儿子被人拐走，阳子却几乎没有动摇之色，但过了一夜她简直判若两人。化的妆泛油脱落，眼睛下面浮现黑眼圈。通常阳子都比实际年龄看起来年轻五岁，但现在简直老了十岁。

她带我进入客厅，虽然泡了咖啡，但她说没有食欲，别提三明治了，连咖啡都不喝。她说昨天晚上在办事处吃了一点便当，看这个样子到底吃没吃还是个问题。

我从皮包里拿出《每朝新闻》相关报道的信封，递给阳子。

“里面是非法政治献金相关报道的副本。你大概都在报纸、杂志上看过了，但若是要公开真相的话，这些资料应该派得上用场。可是只有这些是无法满足嫌犯的要求的。对阳子这么说或许有点残酷，但从媒体的立场来看，大家都偏向相信有收受非法政治献金这回事。但是连警方都找不到证据，我更是没办法昨天一个晚上就查出来。所以我转而调查内部告发的人。我想跟阳子一起和那个人谈谈，由阳子判断要不要把内容公开……你能拜托岩崎先生吗？”

阳子虽然接过信封，却不打开，只茫然地望着报社的标志。听见岩崎先生的名字，她猛地抬头。

“是岩崎先生去告发的吗？”

“无法断定是不是他。告发信虽然是邮寄的，但因为是匿名，为了取信大家，内容里说自己从小就认识高仓正纪，跟他很熟，我怎么想都觉得只有岩崎先生了。”

“但是岩崎先生是正纪的好朋友啊。”

“可能有他们之间才知道的纠葛。而且我觉得也不能一口咬定告发就是恶意的。”

“你是什么意思？”

“我昨天去办事处时就在想了。那里掌管一切的是后援会会长后藤先生吧？他的架势简直像自己才是议员。不只是阳子，连你婆婆都很顾忌他，正纪先生一定也无法违抗后藤先生对不对？就算有不法事实，只要是跟后藤先生有关，就没法处理。未来就算第二任、第三任议员当选，违法的事情可能还是会反复发生。充满正义感的正纪先生就算很难过，也没办法自己公之于世，可能会独自烦恼。岩崎先生看到这种情况，就匿名寄了告发信也说不定。其实他可能有证据之类的东西，但为了守护正纪先生便没有拿出来。我觉得是这样的。”

我虽然常常看到岩崎先生，但对他的印象只有为人亲切，他到底是什么样的人我完全不清楚。所以我可能净把岩崎先生往好的方面想了。

“或许有可能是这样。”

阳子好像稍微安心了一点。或许是岩崎先生把裕太带走的。虽然写了告发信，但结果是不起诉。要是到此为止都在计划之中，后藤先生会改变主意三思而后行的话最好，但要是不知悔改，变本加厉，或许嫌犯就会改变手段吧？把裕太带走的女人可能是岩崎先生认识的人也说不定。或许是他母亲，我不知道裕太认不认识岩崎先生的妈妈，但她不是在替他看店吗？要是裕太见过她，只要说是岩崎先生叫她来接的，裕太或许就会跟她走了。帽子跟环保袋之类的衣物都很常见，碰巧特征跟那个形迹可疑的女人很像，岩崎先生当时也吃了一惊。

“这样的话该怎么办呢？但我觉得一定不是这样。”

阳子垂下视线。我费力说了半天的话她好像一半也没听进去。

“为什么？”

“天亮的时候，嫌犯又传真到办事处了。”

“真的？说什么？”

阳子从手边的皮包里拿出传真递给我。两张 A4 大小的纸，发送地点还是微笑超市 K 分店。

第一张传真上是好像用尺画出来的片假名字迹。

令郎没事，至少现在还没打算去白川溪谷。为了让真相公之于世，提供一个线索。

第二张传真也像是用尺画出来的字，但这次是汉字。

枞树町谋杀案

“小晴知道吗？”

“K 市有个枞树町，最近那里发生谋杀案了吗？”

“没有，我也没印象，所以在网络上调查了一下。三十六年前 K 市的枞树町发生过谋杀案。”

阳子又从皮包里拿出一张纸，上面印着网络上的资料。

【枞树町谋杀案】

1975 年 2 月 20 日深夜，上班族高松秀夫先生（35 岁），在自家被同事下田俊幸（30 岁）用刀刺杀身亡。下田犯罪之后从高松

家夺取百万日元现金逃亡，但一星期后向警方自首。犯人供称作案动机是为了筹措妻子的心脏手术费用，跟继承了双亲遗产的高松先生商借被拒，愤而痛下杀手。

下田被判无期徒刑。1990 年在狱中因肺炎死亡。

“小晴觉得如何？”

我看完了报道，阳子问道。

“光是这个实在没办法下定论。这是传真到办事处的吧，当时还有谁在？”

“后藤先生和我婆婆。”

“他们说了什么？”

“问他们‘枞树町谋杀案’，两个人都摇头，用办公室的电脑查了资料，看见这份报道才说‘啊，好像是有这么一回事’，完全事不关己的样子。”

“犯人既然是自首的，当时可能也没有大肆报道吧。但是这如果是线索的话，有没有人想起什么呢？”

“我婆婆肯定这件谋杀案跟高仓家没有关系。后藤先生因为跟非法政治献金没关系好像松了一口气，话反而多了起来。他说他记得被害者的妻子因为丈夫被害，受惊过度而精神崩溃，电视还报道过她自杀的消息。”

“果然有人记得。后藤先生还说了什么？”

“关于谋杀案就只有这样了……但是……”

“什么？”

“我婆婆说这件事跟我有关系，把裕太带走的嫌犯想要公之于世的不是正纪的事情，而是我的身世。跟小晴说的一样。”

“的确，我昨天也是这么想的，但这是谋杀案啊。这么严重的事，因为觉得跟自己没关系就推到阳子身上，不是很奇怪吗？你婆婆跟后藤先生不知道，但案子还是可能跟他们有关吧？今天我本来要去游泳学校附近的，但现在还是先调查一下‘枞树町谋杀案’好了。后藤先生提到的被害者的太太也让人有点在意，我会把调查的重点放在被害者和凶手的家属之后的情况上。”

“谢谢你，小晴……嫌犯也知道小晴的事吗？”

“你是指什么？”

“嫌犯为了让我们公布事实真相所以把裕太带走，但‘枞树町谋杀案’已经没人记得了，所以才当成线索给我们，要我们去调查吧？但是，我跟办事处的人调查这种案子是有限度的，其实也就查到这份网络上的报道而已。但是小晴是报社记者，可以进一步深入调查。嫌犯会不会是预测到我会找小晴帮忙，才把裕太带走的呢？”

阳子虽然疲倦，但还是能冷静思考。

“如果是了解阳子的人，应该会考虑到我会帮忙的吧。”

“比方说岩崎先生？”

她好像很介意岩崎先生。

“要是跟选举无关的话，或许就跟岩崎先生也没关系了。虽然你婆婆说的话让人很不高兴，但要是‘枞树町谋杀案’跟阳子有关系的话，公开这件事对谁有好处？昨天我忘了问，亚纪小姐为什么没有按照时间去接裕太？她不总是一副超级秘书的样子，能干得要命吗？有什么事的时候，或是采访的时间晚个五分钟，都对我啰里啰唆的。”

“那个啊……”

阳子告诉我亚纪小姐被人叫出去的事。

“什么啊！阳子怎么可能有外遇。她的确是被人利用了。有很多人想给阳子难堪。为什么？因为你是名人了啊。‘枞树町谋杀案’也可能跟阳子没关系，但阳子出生于K市，现在三十六岁，光是这样，就会有人把当时发生的事件栽在你头上也说不定。毕竟，对方连用什么方法能把亚纪小姐叫出去都很清楚呢。”

“那么，还是岩崎先生？但是亚纪小姐喜欢正纪，小晴是我的好朋友也是报社记者，这种事情在办事处跟后援会的人都知道。后援会有不少上了年纪的人，或许有人跟‘枞树町谋杀案’有关系。”

“说得也是。总之，我现在去报社调查一下这件案子。阳子呢？要去办事处？”

“我先去一下办事处，然后去游泳学校附近问问。这次发送传真的地点跟第一次的一样。”

“自己一个人没问题吗？”

“岩崎先生说要帮忙在这附近调查……那我拜托他一起去吧。”

“你不是不相信他吗？”

“我没有其他可拜托的人了。我想相信小晴说他是为了正纪好才告发的论点。”

“我只是为了不让阳子沮丧而做的假设而已。还是不要太相信他比较好。”

“但是岩崎先生昨天晚上跟正纪联络了啊。”

昨天晚上的话，那他应该认为秘密是办事处的非法献金疑云。岩崎先生的举动颇令人意外。

“正纪先生要回来吗？”

“是。我该早点跟你讲的。”

“这不是很好吗？这样我就专心调查我这方面的事了。”

知道我是阳子的好朋友也是报社记者，同时也知道亚纪小姐喜欢正纪的人还有一个。我想告诉阳子，但既然他本人要回来了，那我还是不要多嘴。与其抱着疑心，不如先寻找真相。

我跟阳子说出门前一定要吃点东西，冲个澡，让心情平静下来。然后我离开了高仓家。

阳子

我喝了冷掉的咖啡，换好衣服出发前往办事处。

岩崎先生已经到了。婆婆跟道代女士也在。

我回家之后后藤先生好像一直都在这里，他看起来并没有特别疲累的样子。他可能是判断恐吓信跟办事处没有关系吧，跟一大早就来的后援会会员若无其事地聊天。

“裕太到您娘家去了？这样的话先说一声啊，我们都担心了一晚上。”

后援会的会员这么说，还眨了眨眼睛。大概是后藤先生决定这样解释吧。这样也好。知道实情的人越多，越可能有人在我们不知情的状况下去报警。

“我打算出门，阳子太太呢？”

岩崎先生谨慎地问道。

“我麻烦相田小姐调查别的事，我想去游泳学校附近看看，您能跟我一起去吗？”

“好。”

我跟后藤先生说要跟岩崎先生一起出门。

嫌犯还可能跟办事处联络，要是有消息的话，后藤先生会立刻通知我。我拜托道代女士带婆婆回高仓家，稍微休息一下。

就算嫌犯要求公布的真相跟办事处没关系，裕太没有回来的事实仍旧不变。婆婆完全没有放下心。我想告诉她正纪要回来了，让她稍微安心一点，但道代女士一直在旁边，我没有机会说出口。

岩崎先生开车，我们前往游泳学校。

“你们家的店没关系吗？”

“请不要介意。店里本来就不怎么忙。反而是阳子太太你都没睡觉吧？到游泳学校我会叫你，稍微休息一下吧。”

岩崎先生关切地说。

如果告发非法政治献金的人真的是岩崎先生，他到底是为什么要这么做呢？是善意还是恶意？要是真如小晴的推论，是为了正纪好就好了。但如果是为了正纪好，难道不该跟正纪说他要去告发吗？他们是好朋友啊。

要是我为了小晴而要采取什么行动……

不告诉本人的话，那就表示我打算自己进行，要是有正面的结果再告诉她。岩崎先生是不是也这么打算呢？

“岩崎先生自己的工作很忙，为什么还帮正纪做事呢？”

“因为现在是非常时期啊。”

“我不是指裕太的事。上回选举期间和当选之后，岩崎先生都是后援会的中坚，一直在辅佐正纪。您有小酒馆的生意要忙，还有工商协会的事务啊。”

“帮正纪的忙让我很开心。我喜欢辅佐别人，我是副班长那一型的。这世界上并不全都是以自我为中心的人，也有人看见自己支持的人活跃就感觉很开心，所以才会有偶像不是吗？我也希望正纪议员今后继续加油，阳子太太也继续努力，成为历史留名的绘本作家。”

“在历史上留名有点夸张了。我光是维持现在的状况就已经不容易了。要是可以的话我真的不希望出名，我甚至后悔成为绘本作家。”

“您这么想是因为这次事件吗？”

“要是不成为绘本作家，就不会发生这种事了。”

“是这样吗？今天早上我听后藤先生说了，嫌犯又传真来说公布真相的线索是‘枞树町谋杀案’。阳子太太，你觉得这跟你有关系吗？”

“我不知道，但我不能肯定地说一定没有关系。”

“这有点奇怪。后藤先生认为一定跟阳子太太有关系，不知道他这么想有什么根据……”

“啊……”

我现在才发现岩崎先生并不知道我是养女，亲生父母不明。我本来以为正纪会跟他说，但就算是好朋友，没有必要的话正纪也不会说出妻子的私事。

婆婆跟后藤先生都认为“枞树町谋杀案”跟我有关系，是因为他们相信自己的人生完全没有可疑之处。要是相关人士的人生都有不明的疑点，大家多少都会怀疑自己，但眼下确实有不明疑点的只有那个人。

我不知道自己的身世，这个不明的疑点跟“枞树町谋杀案”有关。我自己都怀疑是不是这样。小晴也是，虽然没有说一定有关系，但也没有否定。

然而岩崎先生不知道我的身世，所以有所疑问。

要是跟非法政治献金疑云无关的话，我就不觉得他跟这次事件有关系了。

车子在往游泳学校的公路上奔驰，打了左转灯后进入便利商店的停车场。

这里是微笑超市 K 分店，发送传真的地方。

上班、上学的时间已经过了，店里只有两三个客人。年轻的男店员不知是不是从夜班上到现在，站在收银台后面无聊地打着呵欠。

我们问他："今天一大早五点四十分左右，我们收到从这家店传来的传真。送信者好像忘记写名字了，您知不知道是什么人传的？"

"嗯，好像有个女人来发过传真……"

"那人有什么特征吗？"

"我不太记得了……分明天才刚亮，却戴着帽子，肩膀上背着一个大袋子。对了，背那种开口很大的袋子的大妈常常会偷东西，她进店里来我就想应该注意一下，但她只是要用传真机，我就随她去了。啊，对不起，我说大妈会偷东西。"

"没关系，我好像知道是谁了。她背着'快乐城'的环保购物袋吧？"

"我不太清楚，好像是吧。"

"那个人昨天傍晚是不是也来过？六点半左右。"

"啊，我半夜三点才上班，那就不知道了。要不要打电话给那段时间上班的店员问一下？"

“拜托你了。”

年轻男子好脾气地从柜台底下拿出手机，帮我们打了电话。他好像跟那个店员很熟，轻松地问着问题。

“啊，他说好像是有个女人来用传真机，但记不清楚是怎样的人。”

“那人没有问传真机的使用方法吗？”岩崎先生说。

年轻男子拿着手机问对方。

“好像没问过。”

我们道了谢，虽然营业额可能跟他的薪水没关系，为了聊表心意还是买了一点饮料和零食，然后离开便利商店。

“形迹可疑的女人虽然说是像奶奶辈的女人，却对便利商店的传真机使用方式很熟悉。我妈妈是绝对没办法做到这样的。”

岩崎先生回到车上，喝着刚买的冰咖啡说道。

“可能是习惯了吧？道代女士一开始也搞不清稿子的正面该怎么放才传得出去，现在也用得熟练了。连传到电脑上的稿子都能印出来，还能直接在电脑上修改再传回去。”

“说得也是，那就只是我的偏见吧。刚才我一边开车，一边找推着推车的老婆婆之类的人，但其实可能比我想象中要年轻得多。店员也只说是大妈，女性的年龄从外表真的很难断定呢。”

岩崎先生喝完咖啡，发动车子。

或许就跟岩崎先生说的一样。良介妈妈说把裕太带走的那女人的特征，虽然跟我常常看见的那个女人很像，但不能确定一定就是她。

我问店员的时候说了“快乐城”的环保购物袋，但也可能是相似却不同的袋子。即便如此，除此之外没有别的线索也是事实。

看来，还是找一下那个女人比较好。

……手机响了。是道代女士发来的短信。

“什么事？”

握着方向盘的岩崎先生问。

“我婆婆好像撑不住了。”

“那可糟了，要回去吗？”

“没关系，有道代女士陪她。亚纪小姐会开车送她们去医院。我们继续吧。”

救裕太比什么都要紧。

他是我唯一的宝贝儿子啊。

我们把车子开到游泳学校附近的投币停车场，走路去公园。

今天天气非常晴朗，简直不像昨夜下过雨。到处可见带着孩子在公园玩耍的年轻母亲们的身影。

“有没有看到一位背着‘快乐城’的环保购物袋、戴着丹宁布帽的年长女性？她的穿着很朴素。”

我们问了所有人，但大家都摇头。

就算这样，也不表示那个女人没有来过这里。

我在以绘本作家出道之前，每个星期来这里两次，都没有见过今天的这些人。因为大家来公园的时间一般都是上午。

不同的人到公园的时间也不同。那个可疑的女人没有在上午出现在公园过。这里找不到什么线索。

离开公园之后，我们朝那个女人牵着裕太的手离开的方向走去。

但是沿着公路走，一路上几乎没有行人的踪影。岩崎先生提议若是要问人的话，或许该拐进住宅区比较好。

那得决定一下目的地。

放眼望去有“快乐城”的广告牌。沿着公路走还有一段距离，但穿越住宅区可能会比较近。就算问不到可疑的女人，也可以确认一下环保袋到底是什么样子。我们决定去“快乐城”。

我们先回到公园，沿着外面的围栏走，在第一个角落转弯，进入住宅区。公园附近的住家相对比较新，越往里面走，看起来比较旧的房子就越多。沿着两侧都是树篱的道路前进，就到了商店街。

大部分的店铺铁门都是拉下的，商店街看起来十分寂寞。

不知哪里传来“喀啦喀啦”的声音。商店街入口附近，摆着“服饰店”广告牌的店家把铁门开了三分之二。一位有点年纪的女性，把挂着各种花纹上衣的衣架摆了出来。现在是上午十点，每家店可能都要过了这个时间才开门。

“我想过大妈的衣服不知都在哪里买的，原来是在这种地方啊。”岩崎先生感叹地说。

商店街卖的东西，的确好像都是针对年长的顾客群。我们决定去问问店家。

服饰店、熟食店、面包店、书店……这些店家在这里都有很长的时间了，要是有面熟的女人牵着不认识的孩子经过的话，他们可能会心想这是谁吧。

我和岩崎先生分头进行，我问右侧的店家，他问左边的店家。

我先问服饰店的太太，在这附近见没见过戴着丹宁布帽、背着“快乐城”环保购物袋的女人。

“背着‘快乐城’环保购物袋的人都会避开商店街，走直接通往那里的路。”

她这么一说，商店街之所以不热闹，显然就是因为有了“快乐城”购物中心。知道内情的人可能都不愿意提着“快乐城”的环保购物袋来这里，但是环保购物袋最近很流行，结实耐用，除了购物之外很多人平常也都使用。

丹宁布帽看起来像是这家店会卖的东西，一问之下他们没有卖丹宁布的制品，说那可能也是“快乐城”里卖的。

从熟食店、面包店问到的答案也都相同。

“阳子太太，请快过来！”

岩崎先生从书店走出来，对我用力挥手。

书店收银柜台前面堆着像小山一样的《蓝天缎带》，让我有点不好意思，但也顾不了这么多了。书店老板好像知道什么。

“您找的人可能是我们的客人。您有什么事吗？”书店老板问道。

我迟疑着不知道该不该说我儿子被她带走了，岩崎先生先一步开口说："昨天我儿子在公园玩的时候摔倒受伤了，刚好经过的太太帮了他的忙，那个……用看起来很贵的手帕替他包扎了伤口。我想跟她道谢，但没问她尊姓大名……"

他一边用手背擦额头上的汗，一边拼命解释。我担心说这种谎会不会被拆穿，但书店老板的表情缓和下来说："原来是这样。"

"我想那应该是桥本太太吧。她喜欢小孩，当义工读书给小朋友听，常常到我们这里来买绘本。她的'快乐城'环保购物袋里总是放着大概五本绘本，她说背着这个袋子到商店街来有点不好意思，但因为购物袋很结实，大小也合适。其实没关系，因为我们这里从那边的小路拐进来，立刻就到了。"

"桥本太太住在这附近吗？"我问。

"我不清楚她家住哪里，她大概一个星期来一次，可能不在这附近吧。要是您有感谢信什么的，可以放在这里由我来转交。"

"我想还是应该亲自跟她道谢比较好。"岩崎先生说。

"她通常是星期几来？"我问。

"大概都是星期二。好像那天她有义工服务，回来的时候会顺便过来。"

"星期二，那她昨天来过了吗？"

"这么一说，她昨天没来呢。"

"通常都是什么时间来？"

"傍晚四点以后吧。"

我望向岩崎先生，他默默点头。

有什么事让她不能来别人认识她的地方。要是她带着裕太的话——

“那我想下周准备好感谢信跟礼物，再来一次。您知道桥本太太的全名吗？”岩崎先生问。

“应该是叫作弥生，她别着名牌来过。对了，然后我们就聊起义工活动的事。阴历三月的弥生。”

“桥本弥生太太对吧？”

我再度确认，书店老板盯着我的脸，然后歪着头说：“咦？”

“您是不是《蓝天缎带》的作者高仓阳子女士？不久之前每朝新闻上报道过。”

“……是的。”

这是第一次有人认出我，果然是因为对方是书店老板吧，但是我一点也不觉得高兴。书店老板的笑脸黯淡了下来。

“这样问或许有点失礼，但您真的是因为刚才说的理由要找桥本太太吗？”

“您是什么意思？”

“这位不是您先生吧。”

书店老板惊讶地望着岩崎先生。

“我是高仓先生的朋友，她是因为刚好有事要到这附近，所以一起来的。”

岩崎先生替我掩护。

"这样啊。但是上个星期高仓太太的先生也到这里来，跟你们一样问了桥本太太的名字和住址。您先生是县议员高仓正纪吧？"

"是的。我先生有什么事吗？"

这到底是怎么回事啊？！

"他为什么要找桥本太太？"岩崎先生问。

"他说桥本太太是妻子的书迷，他们夫妻都不在的时候她送了花束来。接待的人没有问她的名字，但花束的包装是这条商店街的，所以到这附近就顺便来问问。其实是我跟桥本太太推荐《蓝天缎带》的，本来心想高仓太太的粉丝增加了，我也有功劳，还蛮高兴的，但桥本太太是不是给你们添了什么麻烦？"

"没有什么麻烦……应该是收到了花束，想直接见个面吧。我先生应该也是听我说了，所以到这附近来看看的……对不起，刚才说谎了。"

"非常抱歉！"

岩崎先生跟我一起低下头。

"没什么没什么。桥本太太是很稳重的人，我想她应该没有给你们添麻烦的打算。可能只是纯粹看了《蓝天缎带》很感动，从新闻报道上知道作者高仓女士住在同一县内，所以想跟您见个面吧。这么说来那个人平常不买杂志的，但最近买了不少女性杂志，可能是因为上面有高仓太太的报道吧。啊，既然您亲自到这里来了，那还是早点跟桥本太太联络上比较好，不如去她参加的义工团体问问看。桥本太太收据上的抬头是'橡实俱乐部'。"

书店主人看了收据副本之后说。

我分明是在寻找把裕太带走的这个叫作桥本弥生的可疑女性，但却不知怎的，竟然跟书店主人维护她，说她并没给我们添麻烦。我们跟书店主人道谢之后离开。

走到离书店有段距离、仍旧拉下铁门的其他商店前面，岩崎先生停下了脚步。

“正纪有说过什么吗？”

“我从没跟他提过我在找形迹可疑的女人。我只不过跟他说了我在家和办事处周围都看到过的女性，也出现在游泳学校附近。他听了非常担心，或许因为这样，所以瞒着我来这里调查吧。”

“或许他也调查过她家了。我发短信问问看。”

岩崎先生拿出手机开始编辑短信。

正纪为什么没告诉我他在调查这个女人呢？

因为他知道她可能是危险人物。要是我知道是危险人物，一定会担心，所以他不告诉我。就算知道姓名，也不知道到底是怎样的人，显然还在调查中。

但是没发生什么事就算了，为什么昨天晚上打电话的时候也完全没提这个女人呢？

岩崎先生合上手机。

“我们先回车上去，查一下‘橡实俱乐部’的电话号码，跟他们联络看看吧？”

岩崎先生同意了我的建议，我们循着原路走回去。

……岩崎先生的手机响了。

好像是正纪的回信。

“不要调查桥本弥生了。详情等我回国之后再说。买不到回成田机场的机票，我只好从关西回来。今天就会抵达，在我回来之前，阳子就拜托你了。”

果然正纪知道桥本弥生的事。裕太可能在她手里，为什么叫我们不要调查呢?

……这次轮到我的手机响了。

是小晴打来的。

她说发现了重要的情报，希望能立刻见面，我跟她约在公路旁边的家庭餐厅。她问我是不是跟岩崎先生在一起，我说是，她说最好能摆脱岩崎先生自己来。

我挂断电话，告诉岩崎先生我要跟小晴见面，拜托他在我跟小晴会面的时候调查“橡实俱乐部”的电话，打去问桥本弥生的地址。

“正纪叫我们不要调查了，这样好吗?”

“我并没有打算要直接找上门去，只是希望有状况的时候能立刻应对而已。但要是会给岩崎先生添麻烦的话，那我就自己调查好了。”

“不，我来查好了。正纪是担心阳子太太才那样说的吧。我去调查就没问题了。”

岩崎先生笑着竖起大拇指。我觉得让岩崎先生一起听听小晴查到了些什么也好。但他要是在这副亲切的笑脸下背叛了正纪，那果然还是不能信任他。

岩崎先生送我去家庭餐厅。小晴的车已经停在停车场了。

我在进入餐厅之前看了一下手机，仍旧没有正纪的信息。他知道我和岩崎先生共同行动，即便如此，传一两句话给我也好啊。

但是现在不是介意这种小事的时候。

*

绘本阿姨听到隔壁传来生日快乐歌的歌声，想起了上星期的事。

那天去小儿科病房当义工，念完绘本之后，她从袋子里取出了绘本之外的东西：好几条大约一米长、泛着光泽的缎带。

病房里六个小朋友的病床上都用缎带打了蝴蝶结，孩子们都非常高兴。但也有小朋友歪着头问："为什么不是蓝色而是粉红色的？"

"因为蓝色的卖完了。绘本阿姨是开桃花的季节出生的，所以挑了桃子的颜色当礼物。"

绘本阿姨回答，孩子们开始讲自己的生日。

那天是什么日子，谁跟谁同一天生，暑假的时候，春假的时候……

生日只是一年三百六十五天里的一天，但绘本阿姨告诉他们那一天是值得高兴的，值得骄傲的——

绘本阿姨突然有个想法。

要是留下那孩子的生日就好了。

但她立刻打消了这个念头。

要是那样的话，不就暴露了那孩子的身世了吗？

晴美

我从窗户看见送阳子来的车转弯开出停车场。

车子上有小酒馆的招牌。阳子真的是跟岩崎先生在一起。分明是暗地告发丈夫的人，难道不该提防他吗？还是我太过保护阳子了？要不阳子就是犹豫不决，认为一起行动的话或许能掌握什么线索。不，她现在担心的不是非法政治献金的告发案吧。

阳子走进餐厅。她看见我坐在里面的窗边桌位，朝我走来。

我问她吃了早餐没有，她有点抱歉地说只喝了咖啡。我强迫她跟我一起点了每日更换的午间套餐。

“我调查了一下‘枞树町谋杀案’。”

我有问题要问阳子，但在那之前先跟她说我查到的内容。

“枞树町谋杀案”已经过了三十六年，当时的凶手和被害者都已经去世了。但犯人的恐吓信仍旧要求要公布真相，那只可能和谋杀案相关人士的亲属有关了。我便朝这个方向调查。

“首先是被害人高松秀夫，他在案发当晚遇害死亡。他的妻子名叫佐知子，正如昨天晚上后藤先生说的一样，她因为丈夫被杀受到刺激，精神状态不稳定，三个月后在娘家吞服大量安眠药死亡了。”

“他们有小孩吗？”

“我正在查，但还没有结果。至于凶手方面，下田俊幸在服刑期间死在监狱里。犯罪动机是因为妻子患了心脏病需要手术费，手术好像是成功了，所以他太太现在还活着的可能性很高。此外，根据法院的审判记录，凶手患有心脏病的妻子在案发当时有孕在身。她的孩子足月后剖腹产，然后她进行了心脏手术。”

“孩子平安出生了吗？”

“既然说手术成功的话，孩子应该也平安吧。”

“所以，难道……”

“等一等，只凭一封恐吓信就随便联想是不行的。那个孩子是男是女都不知道。既然妈妈还活着，就会自己养孩子吧。”

“但是她那时刚刚动了心脏手术，而且丈夫是杀人犯，应该会考虑把孩子送走吧。被害者住在枞树町，下田家在哪里呢？”

“同样在枞树町。”

“所以都在 K 市。发现我的孤儿院‘友爱园’也在 K 市。”

“把裕太带走的犯人或许也是这样随便推测的。你出生于 K 市，现在三十六岁。这种资料网络上就有。虽然你是养女这件事并没公开，但后藤先生他们都知道吧？情报可能在阳子不知道的情况下泄露了。这样穿凿附会的材料非常充分，但却没有证据。”

“那要怎样才算有证据呢？”

“比方说，阳子被送到‘友爱园’的详细经过或者是记录。‘友爱园’的人或许知道阳子的身世也说不定。可能是他们故意隐瞒的，那种地方不都有保密的义务吗？”

“要是罪犯的女儿的话，应该是会保密的。”

“不要这么想。他们会对收养孤儿的好人隐瞒小孩是罪犯的女儿吗？要是之后东窗事发不就惨了，会闹上法院的。”

“那还会有什么秘密？”

“可能跟我被送去的时候一样，有一封信还是什么的。上面可能有写必须把小孩送走的原因。比方说是非婚生子或是太穷养不起，这都不会公布的吧。”

“说得也是……”

“所以我觉得还是该确定一下比较好。要不要现在去找‘友爱园’的园长？要是没发生什么事的话，她应该不会透露什么，但现在有紧急情况，真有什么秘密的话，她或许会告诉我们。说不定可以得到阳子跟‘枞树町谋杀案’没有关系的证据。我已经跟她约好了。”

“她住在附近吗？”

“对。‘友爱园’虽然关闭了，但她还是从事类似的工作，创立了一个叫作‘橡实俱乐部’的义工团体。她虽然年纪很大了，但偶尔还是会参加公开活动，应该身体不错，很可能还记得当年的事。”

“‘橡实俱乐部’？”

“阳子知道啊？你果然对义工团体很熟。”

“不，今天才第一次听说……”

阳子参加的义工团体几乎都是市立跟县立的组织。

“那是教会经营的，参加的人几乎都是教徒。”

“友爱园”也是教会经营的。要是因为被送到那里就认定是教徒，那还不如送到公立的好。

祈祷什么的跟我的个性完全不合。

“我也复印了跟‘枞树町谋杀案’有关的报纸杂志报道。”

我从包包里拿出文件夹，递给阳子。为了方便阅读，我把纸张订在一起，阳子一一翻阅。

“……被害者的妻子自杀都有报道。”

“而且还用真名。凶手的妻子却没有刊出名字。但是我调查过了，她叫作下田弥生。找到她问问应该是最快的途径吧。半天工夫就能查出地址。”

“小晴，你刚才说什么……”

午餐送来了。汉堡、色拉、汤、面包，全部一起送上。阳子急急把文件夹塞到自己的皮包里。她或许有很多问题想问我，但首先得让她吃点东西最重要。

要是阳子现在倒下可就麻烦了。

“小晴，我去一下洗手间。”

阳子站起来走开。她脸色很不好。

我或许该叫点清淡的东西。

吃饭的时候阳子几乎都没说话。

她不是茫然瞪着桌上的某处，就是手拿叉子悬在半空中发呆。是因为到了下午，所有昨晚累积的疲劳一口气涌上来了吗？但她还是设法吃了一半。然后我们离开了家庭餐厅。

“友爱园”前园长的住宅在K市内。开车用不上二十分钟就到了。

我们中途经过“友爱园”的旧址。

我以前跟阳子来过一次。那时我刚刚认识阳子，两人都还是学生，以为只要一起调查就能查出什么。

比方说，住在“友爱园”附近的人或许记得阳子被送去时的事情。我们虽然抱着这种期待，但那附近已经改建成大型游乐场了。本来“友爱园”是建在一片田野之中的。我想起当时我们无心去打保龄球或唱KTV，两人徒步走了该搭电车再转公交车的距离回家。

大型游乐场前几年也倒闭了，现在开的是常常在电视上看见广告的全国连锁服装量贩店。

阳子一直沉默不语。就算叫她不要胡思乱想，但在身心俱疲的状态下，还是会朝最糟的情况去想吧。

进入住宅区之后，一栋攀着常春藤的西式小屋出现在眼前。之前她说可以把车停在门口没关系。我把车沿着围墙停下，跟阳子说就是这里。

我确认了一下，门牌上写着“樫原”，前园长樫原多惠子的住址。

我按了门铃，樫原园长的孙女千香小姐来应门，她热情地欢迎我们。

“我是《蓝天缎带》的书迷。没想到高仓阳子夫人是奶奶的熟人。你们请不要客气。”千香小姐这么说。

阳子带着有点不知所措的微笑望着我。我们进入客厅，等待千香小姐去告诉园长。我趁机解释：

“要是说三十六年前被送到‘友爱园’的孩子突然想见园长，那就必须有不引人起疑的理由。总不能说裕太被绑架了吧？所以我就说因为阳子的绘本出版了，想跟园长亲自报告，顺便询问一下‘友爱园’和‘橡实俱乐部’的事。我说我是阳子的经纪人。”

阳子露出明白的样子点点头。就在此时，园长背脊挺直地走进来，她并没有让千香小姐搀扶。园长在沙发上坐下，我们互相打了招呼，等待千香小姐泡茶来。

“千香，谢谢你。可以请你回避一下吗？”

“哎——太令人失望了。我待会儿可以来要签名吗？”

园长跟千香小姐都望着阳子。

“我无所谓的。”阳子回答。

千香小姐高兴地说：“太好了！那我晚点再来。”说完她就离开了。她这么听话，一定是因为知道来看园长的是什么样的人吧。

“阳子长大了啊。没想到阳子成了畅销的绘本作家，我活到这把年纪果然还是可以听到好消息的。”园长高兴地说。

她好像也看过《蓝天缎带》。

“谢谢您。我是十九岁的时候才知道自己是养父母从‘友爱园’领养的。里田的爸妈真的对我非常好，但我还是想知道亲生的父母是谁。我也想让他们知道我成了绘本作家。要是您知道我父母的消息，能不能告诉我呢？”

我本来想要是阳子不问的话我就开口，但显然我是白担心了。

“我是很想告诉你，但我连姓名跟住址都不知道。”

“我被送来的时候是怎样的情况呢？”

“那我还记得很清楚。确切的日期得查查记录，但我记得是四月上旬，樱花盛开的时候。一大早有位女性抱着你来到园里，跟我说：‘这孩子叫作阳子。太阳的阳子。我没办法自己养育她，所以就拜托您了。’她把你交给我就离开了。”

原来阳子不是跟我一样被丢弃在孤儿院门口啊，名字也不是别人随便取的，这些阳子知道吗？

“所以园长您见过我的亲生母亲。您没有问她姓名住址吗？”

“我们跟公立的设施不一样，人家如果不想说的话，我们不会主动询问的。但我们也不是来者不拒，有时候也会询问当事人的情况，设法说服人家。但是令堂当时脸色很差，好像连站都站不稳，真的是没法养育你才找到我们这里来的，所以我就没有多问。”

“在那之后还有联络吗？”

园长静静地摇头。

“要是因为身体不好所以把我送来，那恢复健康之后应该会来接我的。我被人收养之后也没有联络吗？”阳子急切地询问。

“完全没有。一定是有什么缘故吧。但是阳子，令堂一定在某处看到你的活跃，替你感到高兴吧。”

园长似乎不打算再提阳子的母亲了。“一定在某处”这种话是从小听到大的安抚言辞。

“园长知道‘枫树町谋杀案’吗？三十六年前发生的案子。”阳子突然单刀直入。

园长皱起细细的眉毛。

“嗯，是发生在本市的案子，我还记得。”

“我觉得那件案子跟我有关系，园长您觉得如何呢？”

“到底是怎么回事，我并不清楚。”

“有人说我跟那件案子有关系，如果您能想起什么，请一定要告诉我。比方说我的亲生父母可能跟案子有关联之类的。”

园长哀伤地深深叹了一口气。

“我从来没听过这种传闻。很遗憾，这世界上就是有看不得别人成功，非得要贬低他人，信口开河的人。对不起，要是我能证明你的身世，你就不用为这种无聊的中伤难过了。”

听了园长的话，这次轮到阳子默默摇头。是因为这等于一边安慰她，一边拒她于千里之外吗？“朝阳学园”的园长也曾经多次这样安慰我。

“那个……不好意思，换个话题。您知道‘橡实俱乐部’有一位叫作桥本太太的义工吗？”阳子问道。

园长微歪着头，然后好像突然想起来似的“啊”了一声，拍了一下手。

“我知道。她很热心，常常去医院的小儿科病房和孤儿院之类的地方活动。桥本太太怎么了？”

“没有，我只是听说她念我的绘本给小朋友听。”

“这样啊，那的确像是她会喜欢的故事，我当然也非常喜欢。非常温馨，小优和小兔子都很可爱，但我最喜欢猫头鹰叔叔了。”

现在不是讨论绘本的时候。

“阳子，裕太的事情呢？”我插嘴说。

要是说出他被绑架了，嫌犯还传了恐吓信来，或许园长会透露什么也说不定。但阳子微微摇头。

“怎么啦？”园长问。

“我有个儿子。要是能找到亲生父母的话，我想告知他们。”

“我在新闻报道上看到了。是五岁吧？你先生也是社会中坚人物，连我都知道，你母亲一定也都知道，会替你非常高兴的。”

虽然园长说的是阳子，但这些话听起来让人非常郁闷。

“谢谢您。”

阳子道了谢，园长叫千香小姐进来。

这就表示过去的话题告一段落了吧。

阳子在绘本上签名的时候，千香小姐压低了声音问：“这难道是真实故事吗？”我吓了一跳，园长用严厉的声音说：“你太没礼貌了。”

千香小姐缩着肩膀说：“对不起。”但她并没有胆怯的样子。“对了！”她精神百倍地冲了出去，不一会儿拿着一条大约一米长的蓝色缎带回来。

“现在很流行蓝色缎带，各处的书店和文具店都在卖呢。可以的话，也请您在这上面签名好吗？”

阳子在缎带上签了名。墨水都洇开了。

“可以请您绑在我手腕上吗？”

她脸皮到底有多厚啊。园长没有阻止，是因为知道阳子没有母亲虽然是事实，但蓝色缎带并不是她的亲身经历吧。

阳子用蓝色缎带在千香小姐手腕上绑了蝴蝶结。

我下了很大的决心，结果竟是这么廉价的举动。从旁看来真是太无聊了。

“我会当成一辈子的宝物的。”

千香小姐这么说，阳子温和地对她微笑。现在还笑得出来啊。

并没有证据说她不是杀人犯的女儿。

裕太的下落也完全没有进展啊。

阳子

我们离开园长家，坐上小晴的车，我发现手机在闪灯，是岩崎先生发来的短信。

“有非常紧急的事要跟您报告。请跟我联络。”

我跟小晴说了，然后立刻打电话给岩崎先生，告诉他我现在人在何处。他说请我到刚才的家庭餐厅跟他会合。

小晴讶异地望着我。

我们前往家庭餐厅途中，我把心里想的事跟小晴说了。

之前小晴告诉我凶手的妻子叫什么名字的时候，我几乎不敢相信自己的耳朵，同时也有恍然大悟的感觉。

桥本弥生就是下田弥生。把裕太带走的是“枞树町谋杀案”凶手的妻子，她要我把真相公之于世。

真相就是我是她的女儿，是杀人凶手的女儿。

只不过在人慢慢多起来的家庭餐厅中，我无法把这话说出口，而且我心中仍有某处希望这不是真的。我心想在见过园长前，还是先不要跟小晴说好了。

园长并没有断定我跟“枞树町谋杀案”无关，只说她不清楚。但说不定她其实知道。

要是因为母亲生病把小孩送到孤儿院，心想康复后就会来接的话，就不会还不到半年就让小孩被别人领养走吧。她知道除了生病之外还有其他原因，所以不会来接孩子的。

此外还有一点。

下田弥生有心脏病，接受了手术应该也无法立刻好起来。送我去孤儿院的母亲身体状况也非常不好。

更具决定性的是这点。

桥本弥生参加了园长主办的“橡实俱乐部”，这不就是“友爱园”和“枞树町谋杀案”有关联的证据吗？从桥本弥生把孩子送到孤儿院的时候开始，园长就知道实情了。

要是园长真的知道我是杀人凶手的女儿，还隐瞒真相让我被收养的话，那就算孤儿院已经关闭，她还是非得推托说不清楚不可。

我已经没法瞒着小晴了。

“小晴，上午调查的结果，那个可疑的女人名字叫作桥本弥生。”

“弥生？难道是下田弥生？桥本可能是娘家姓。那你问园长的‘橡实俱乐部’的桥本太太就是她？”

“嗯……”

“为什么之前不跟我说呢？”

“对不起，我心里一团乱。”

“早说了搞不好可以逼问一下园长的。还是你之所以没有跟园长说裕太被绑架，是因为已经认定了嫌犯桥本弥生就是下田弥生？这样的话就应该先去找桥本弥生才对，裕太可能跟她在一起呢。”

小晴紧握着方向盘，好像真的生气了。

“对不起。我拜托了岩崎先生调查桥本弥生，他好像查到了什么。”

我这么一说，小晴更加不高兴了。

“开口闭口都是岩崎先生。你怎么就这么相信告发你先生的人？

岩崎先生说查到了什么，真的可以相信他吗？”

“所以我希望小晴也在场啊。从现在开始要怎么办，我希望小晴能给我建议。既然已经知道把裕太带走的是桥本弥生，我是不是该报警呢？”

“还是等听完岩崎先生查到了什么再说吧。”

小晴沉默地加快了车速。

正纪在事情发生前就调查过可疑的女性，知道她是桥本弥生。我是不是也该告诉小晴呢？但正纪应该不知道下田弥生的事情才对。不，他真的不知道吗？

正纪知道什么还是跟他本人确认比较好。

“你觉得要不要告诉岩崎先生我的身世？岩崎先生不知道我是养女。”

“他能不动声色地告发好朋友。这种事情他早就调查过，知道得一清二楚了吧。”

小晴转动方向盘。岩崎先生的车已经停在家庭餐厅的停车场了。

岩崎先生坐在靠窗最里面的位置上，已经点了咖啡。他看见我，举起一只手示意，然后发现小晴也在，便打了招呼。他应该觉得小晴在场也无所谓吧。

我和小晴坐在岩崎先生对面，也叫了咖啡。

“岩崎先生，你要跟我说的……”

等待咖啡的时候我问。

“是桥本弥生的事吧。”

“阳子太太，桥本弥生并不是把裕太带走的犯人。”

岩崎先生压低了声音断言道。

“这是怎么回事？”

“我跟阳子太太分开后，立刻打电话到‘橡实俱乐部’办公室，询问桥本弥生这个人。我说工商协会主办的儿童活动想请人读绘本，听说桥本弥生太太风评很好，所以想拜托她。他们告诉我说这一星期桥本太太都在住院，她有心脏病。”

“住院吗？那应该没法到外面活动吧？”

“要看症状的轻重，或许还是可以出去的啊。”

小晴这么说。

“我也有点介意，就问了‘橡实俱乐部’的人她住在哪家医院，但他们不肯告诉我。我就查了县内的医院，治疗心脏病的医院也不是太多，我查到她住在Y市的H大学附属医院。”

“那家医院我去过。从那里去公园的话，得坐一个多小时的公交车。”

我望向小晴，她叹了一口气说：“对啊。”

我告诉岩崎先生“枞树町谋杀案”犯人的妻子叫作下田弥生，跟桥本弥生可能是同一个人。我也跟他说了下田弥生在三十六年前案发之后生过一个孩子。

“所以这跟裕太被人带走有什么关系吗？”

岩崎先生果然不知道我的身世。要不要告诉他呢？我望向小晴。

“岩崎先生，高仓正纪议员收受非法政治献金的案子，是你告发的吧？”

小晴突然瞪着岩崎先生这么说。岩崎先生倒抽一口气，浑身僵直。这简直就等于是承认了。

“岩崎先生，为什么这么做呢？”

我没法不问他。他是正纪的好朋友，他跟正纪就像小晴跟我一样。

“我没做错任何事。”

岩崎先生静静地说，他并没有要为自己辩护的样子。我可以想象岩崎先生心中的纠结。

“正纪知道吗？”

“不知道，我怎么会告诉他。”

“你是为了正纪好才去告发的吗？”

“那倒……不是，我只是为了我自己的正义。”

也就是说岩崎先生背叛了正纪。我没办法再跟这样的人推心置腹商量事情了。

“岩崎先生，从昨天起发生的一切，真的非常感谢你帮忙。你跟正纪联络，还替我调查桥本弥生。我知道犯人要求我公布的真相是什么了，我本来想告诉你的，但现在决定还是不要说比较好。之后要怎么办我打算跟小晴和正纪商量。”

“你知道真相就好。”岩崎先生静静地说。

我对岩崎先生低头致意，和小晴一起起身离开。

要告诉正纪岩崎先生告发了他，比跟他说明自己的身世更让我难受。我的感觉可能是有所偏差了吧。

我和小晴一起上车。在回高仓家前我们想再讨论一下，为了避人耳目我们开到可以看到海的公园，就是小晴给了我半条缎带的地方。

我们在面朝海的长凳上并肩坐下。

那天无垠的蓝天被夕阳染成橘色，湛蓝的大海则泛出微微的绿光。

“小晴，桥本弥生真的就是下田弥生吗？”

“为什么这么问？我听到岩崎先生的话，更加确定桥本弥生就是下田弥生了。她因为心脏病住院不是吗？而且她还是‘橡实俱乐部’的成员。”

“但是园长听到我问她桥本弥生的事，脸色完全没变。”

我知道这是最后的挣扎。

“这点小事就脸色大变，还怎么当园长啊。桥本弥生加入‘橡实俱乐部’，是因为想跟收养自己女儿的‘友爱园’保持联系。园长说阳子的妈妈知道阳子的成就，当时我觉得只是安慰阳子的话，但其实不是，因为她知道阳子的妈妈就是桥本弥生吧？”

“我真的是杀人凶手的女儿。”

“我想找到不是的证据，真的。”

在这种情况下仍这样跟我说的小晴，真的是我唯一的救赎。

“那到底是谁把裕太带走了呢？”

“被害者的家属之类的吧。这样比较符合恐吓信的内容吧？桥本弥生虽然很可疑，但她现在在住院，也没有理由要威胁阳子。她要是想认女儿，直接来找你就可以了……她一定设法来过。”

“被害者的家属看到凶手的女儿出了绘本，变成畅销书作家，在电视上、杂志上笑容满面地接受采访，一定无法接受吧。但是被害者的太太自杀了啊。”

“他们可能有小孩，还有他们的父母兄弟姐妹呢。”

“说得也是。血缘关系不是只有直系，还有分支。但是他们怎么知道我是下田的女儿？”

“这只是我的推测，我想被害者的亲属以前就知道桥本弥生就是下田弥生吧？在监视弥生的时候，他们发现弥生常常在某位女性——绘本作家高仓阳子的周围出没。难道她就是……所以他们也开始注意你了。带走裕太的时候也故意打扮成桥本弥生的样子，让大家怀疑她。”

“打扮成她的样子啊……那这样我们找寻可疑的女性，到处问帽子和购物袋，显然正中对方的下怀。但是我总是跟裕太说不能跟不认识的人走啊。”

“要是他认识呢？”

“怎么会，是谁？”

“亚纪小姐。”

这个出乎意料的名字让我不禁心悸。

“但是亚纪在裕太被带走的时候被人叫出去了。”

“那是她自己说的吧？换个打扮去接他，然后交给别人，再回办事处就好了。想陷害阳子的人要是想拉拢阳子身边的人当内应的话，亚纪小姐绝对是第一选择。我们现在去逼问她如何？”

不用逼问亚纪我也已经知道真相了。与其找寻嫌犯，还不如听从嫌犯的指示比较好。

“让裕太安全回来优先。我今天晚上就公布我的身世。”

“你不跟正纪先生商量吗？”

“我会告诉他。但是我已经决定怎么做了。晚点你到办事处来好吗？我会把离婚协议书交给正纪，然后公开身世。不管正纪怎么回答，我都已经不能再当他的妻子了。”

“不必现在就急着下结论吧？”

我并没有急。明白事情真相的瞬间我就开始考虑离婚了。

“我是冷静想过的。我一直都想知道自己的身世，现在既然知道了，就非得面对不可。但是裕太比什么都重要。”

“你要怎么公开？”

“网络吧。”

手机响了。是道代女士打来的。可能嫌犯又有新的指示了。我跟小晴说了抱歉，接起电话。

“……那件事不能取消吗……我知道了。那就按照原来的预定吧。”

我挂断电话。小晴担心地望着我。

“什么事？”

“明天要上《美津子的小屋》，问我要穿什么衣服。这种时候还管这些做什么啊！但是今天的节目已经预告说我是明天的来宾了，所以无法取消。”

“阳子，我明白你的心情，你稍微镇定一下。公开真相的话等上完节目也可以啊？今天晚上还是好好跟正纪先生谈谈吧。如果谈过之后还是觉得为了裕太必须立刻公布，就跟我说。阳子没有电脑吧，什么时候都可以，我会帮你的。”

“小晴，谢谢你……知道了我的身世，你还愿意当我的朋友。”

“我们之所以成为好朋友是因为境遇相同吧。”

我竟然在同一个地方说出了跟那天完全相反的话。

过去的喜悦、现在的冲击和未来的不安交织在一起，眼泪涌上我的眼眶，我不禁呜咽起来，对着海弓身哭泣。小晴好像有跟我说话，但自己的哭声让我听不清楚。

右手手腕上传来柔软的感触。

用蓝色缎带打的蝴蝶结。这是……

“小晴的缎带。”

“过了十二年，你还在为同样的事情烦恼。裕太被带走虽然很难熬，但公布真相之后，我们就从自己的境遇中解放了吧。”

“解放……”

“境遇根本不重要。我们俩就算境遇不同，也成为好朋友了。”

我想那天我想听的就是这句话。今天我终于听见了。

——境遇根本不重要。

小晴搂着我的肩膀，我们离开了公园。

要是那天是超越境遇的第一步，那今天或许就是面对并摆脱境遇的第一步。

小晴送我回家。家门口停着一辆出租车，正纪从车上下来。

“我会先跟正纪好好谈谈。”

我下车从窗口跟小晴说。小晴默默地点头，露出有点寂寞的笑容。我挥手送小晴，直到车子消失在视线之外。我转向高仓家沉重的大门。

正纪站在门口。

“欢迎回家。”

我笑着对他说。

“我回来了。”

正纪也笑着对我说。

公开真相要从对正纪坦白开始。要是我能对他说实话，那跟其他任何人说都没有什么好怕的了。

*

高仓正纪议员办事处。

电话响了，纸被吸进传真机里。

后藤道代拿起机器吐出的纸张。

“要我们在《美津子的小屋》公布真相！”

她哀叫出声。

第四部　真相大白

阳子

结婚十年，我们是夫妻，是父亲与母亲。我们因为这样的关系结合在一起，确认过彼此的心意，但我以高仓阳子，不，以阳子这个身份面对正纪，这是第二次。

第一次，是接受他求婚的时候。

第二次，是解除婚姻关系的时候……

我们都穿着回家时的衣服，理所当然地在客厅的桌边坐下，望着对方。

我跟正纪说，你或许已经从岩崎先生那里听说了，但我还是要把从昨天开始发生的事告诉你。

我的采访提早结束，打电话给亚纪小姐没联系上，所以我就没去接裕太，直接回了办事处。

裕太和亚纪小姐时间到了仍旧没回来。

婆婆打电话给我，说裕太也没回高仓家，于是打电话给亚纪小姐，但也没联系上。

亚纪小姐自己一个人回到办事处。

我和岩崎先生、亚纪小姐三个人一起去了游泳学校、公园、良介同学的家。良介的妈妈告诉我们把裕太带走的女性的特征。

在此期间办事处收到了恐吓信。

恐吓信的内容和办事处的情况，让我怀疑犯人要求的真相是非法政治献金的内情，为了调查，我向小晴求助。

原来亚纪小姐是被人调虎离山了。

凌晨时收到第二封恐吓信。

小晴调查了非法政治献金的内情。

——但我说不出告发的人是岩崎先生。

我和岩崎先生一起到游泳学校附近询问，得知在家、办事处和游泳学校旁边咖啡馆看到过的可疑女性叫作桥本弥生。

——我也说不出书店老板告诉我正纪去过的事。要是可能的话，我希望正纪亲口告诉我。

桥本弥生是一个叫作“橡实俱乐部”的义工团体的成员。

我和岩崎先生分开，与小晴一起到“友爱园”前园长家里去拜访，询问了我被送到“友爱园”那天的情况。园长说的话。园长是“橡实俱乐部”的主办人。

“枞树町谋杀案”的凶手之妻叫作下田弥生。

我和岩崎先生见面，得知桥本弥生正在住院，把裕太带走的不可能是她。

——我为不顾正纪的短信，让岩崎先生调查桥本弥生而跟他道歉。

我跟小晴谈话的内容。

然后是我的结论——

“我想，把裕太带走的嫌犯要求公布的真相是，我是‘枫树町谋杀案’的凶手下田俊幸的女儿。虽然没有证据，但嫌犯那边也是一样。因为要是有证据的话，嫌犯就可以自己公开了。可能是觉得在没有任何心理准备的情况下，我受到的伤害会更大吧。但没有证据，只好绑架裕太。这样的话，就算没有确切证据，等猜想到的时候也会自己公布了。”

“你公布真相对嫌犯有什么好处？”

“要是把裕太带走的是被害者的亲属，他们看见凶手的女儿以绘本作家的身份招摇过市，被大家吹捧，一定觉得不能原谅。我采访时回答过很多关于教育小孩的问题，要是被害者也有孩子，一定会愤怒地心想你的家人夺走了我的父亲，还有什么脸谈儿童教育。”

“所以是报仇啊。”

“一开始我也这么以为。要是公开真相的话，我一定会饱受社会的攻击。但刚才我跟你说了昨天发生的事情的时候，觉得嫌犯可能另有目的。”

“什么别的目的？”

“要让真相大白。我公布的话，这件事无论真假应该都会有人调查。世上的人大部分都不需要证据的。只要我自己说了，别人就可以不负责任地起哄。但是媒体不能这样，必须确认才行。”

“要是你跟‘枞树町谋杀案’没有关系呢？”

“我觉得嫌犯并不是要公开我的身世，而是要让大家知道‘枞树町谋杀案’的凶手家属是什么人。所以如果不是我而是别人的话，只要调查清楚目的也就达到了。”

“但是你蒙上的污名，就算之后的报道修正，也没法消除了。”

“但是这样一来我真正的身世应该也可以真相大白。如果不能继续当绘本作家，我也毫无遗憾。如果说有什么遗憾，就是我只知道自己的身世，完全没办法帮上小晴的忙。”

“你已经决定要公布了吧。从你的口气中，我听得出你打算跟我保持距离。”

“啊……”

完全被他看透了。但是正纪似乎也已经有了心理准备，他的腔调很平静。

回想起来，我因为担心裕太，被恐吓信耍得团团转，怀疑办事处的人，虽然害怕身世的真相但又想知道，总是设法采取某种行动。但这其实也有想让自己分心的因素在内。后藤先生、岩崎先生、小晴，不管是好是坏，总有人在我身边。

一直在办事处等裕太回来的婆婆，今天早上回高仓家之后倒下了。大家把她送到平时就诊的医院打点滴，留院一晚，道代女士跟亚纪小姐轮流陪她。

但是正纪只知道一部分情况，而且还不是我告诉他的，是从岩崎先生那里听说的。

正纪知道不只是后藤先生他们，连我也想隐瞒裕太被绑架的事，心里不知作何感想。正纪收到岩崎先生一个人的短信时，可能觉得很孤单，但其实不是那样的。

正纪一个人承受这件事时，心里应该也准备好了答案。

“能给我一杯水吗？”

正纪对我说。我到厨房去拿玻璃杯倒了两杯矿泉水。我的喉咙也很干。但是我胸口发紧，只勉强喝了一口。正纪慢慢地把水喝完，将玻璃杯轻轻放下。

“正纪，这件事你觉得如何？”

“我——我知道你可能是下田俊幸的女儿。”

我好像头上受了重击，眼前瞬间一片漆黑。正纪说的话不停在我脑海中回荡，我绞尽脑汁设法回答他。

“你是从什么时候知道的？”

“我从以前就开始调查‘枞树町谋杀案’了。我一直希望有一天能让你跟亲生父母相见。我在调查‘友爱园’三十六年前的情况时，得知了那件案子。凶手下田俊幸的妻子下田弥生当时有孕在身，生产之后把孩子送到了某家孤儿院。只不过被害者和凶手的亲属都下落不明，就查不下去了。”

“下田弥生的孩子被送到孤儿院……既然知道这件事，那你从很久以前就怀疑我可能是凶手的女儿了？”

正纪默默地点头。他继续说：

“上星期听你说在接受采访的时候看到可疑的女性，第二天我就去那附近调查。商店街的书店老板说那位女士叫作桥本弥生，我心想难道就是下田弥生吗？所以去跟她见了面。”

“你见到她了？”

我的心脏猛地狂跳。桥本弥生说了我什么呢……

“我听说她参加了一个叫作‘橡实俱乐部’的义工团体，常常去医院的小儿科病房念绘本，我还去看过。她念了《蓝天缎带》，念得非常有感情。要是我完全不认识你，那天才第一次听到《蓝天缎带》，一定会打心底里感动。虽然那是给小朋友看的绘本，但听到她念，真的连大人都会动容。”

可能是我母亲的人，倾注感情念我画的绘本，光是这样就够了。这样我就能接受自己是杀人犯的女儿。

“活动结束后，我感谢她让我听到了这么美好的朗读。她以为我是住院儿童的爸爸。她可能看过办事处的海报，但我稍微改变了一下打扮。她听到我称赞她，很高兴地笑起来。我说下次请让我太太也一起欣赏，然后给了她名片。她一看脸色立刻就变了。”

我好像可以想象当时弥生太太的表情。正纪刚才说他“知道”的时候，我一定也有同样的表情。

“她跟我说，‘我只是阳子女士的粉丝而已，跟她完全没有任何关系’。我想反问她这是什么意思，但没能问出口。然后她突然捂着胸口，弯下腰缩成一团。我一瞬间以为她在装病，但她脸色发青，我急忙去叫医生。”

“所以弥生太太就……”

“幸好她当时在医院，立刻就接受了急救。显然，我在她面前出现，让她受到了很大的刺激。我想是不是我的错，但医生说她本来就有心脏病，发作也不是什么稀奇的事。她状况一稳定下来，就转送到平时就诊的医院了。”

“Y 市的 H 大学附属医院吧。”

“对。”

正纪也知道弥生太太住院的事。

“你上星期就知道了，为什么不告诉我呢？”

“因为我答应她了。”

“答应她什么？”

“她一边忍着胸口的疼痛，一边用力抓住我的手说，不要跟阳子女士提起我，拜托您了，拜托您了……她一直反复这么说，于是我就答应她了。”

“但结果你还是食言了。”

“你这么说就太让人难过了。你既然自己查到了真相，我还能不说吗？”

“但是考虑到裕太，让我早点知道不是更好吗？为什么要发短信说不要调查弥生太太的事？要是告诉我弥生太太住院了，我就不会一直怀疑她了。”

“你要我在哪个阶段告诉你？我听到裕太的事总共只有三次。第一次是昨天晚上，岩崎告诉我嫌犯要求公开办事处的真相。第二次是打电话的时候，你的话听起来也是指办事处的事。我一直在想会是什么人要揭露办事处的内幕。但是天亮之后突然收到‘事件跟“枞树町谋杀案”有关’的短信，说可疑的女性叫作桥本弥生，要进一步调查。而且发短信来的是岩崎，他只要觉得自己是正确的，就不管三七二十一去做。那我到底该怎么回答才好？”

“告发你的人……”

“你知道了吗？是岩崎。”

“今天早上小晴跟我说可能是岩崎先生。所以虽然从昨天开始一直麻烦岩崎先生帮忙，但我还是没告诉他我可能是下田的女儿。”

“这样就好。”

“但是，小晴说岩崎先生告发非法政治献金并不是针对你，岩崎先生自己也承认了……没想到正纪你知道是岩崎先生。”

“警方问了我只告诉过他的事，所以立刻就知道了。”

“那为什么现在仍旧跟他是好朋友呢？”

“我认为他是为了我好，所以做自己觉得正确的事。”

“岩崎先生说他是为了他自己的正义……我本来不想说的，对不起。”

“要是说是为了我，他会觉得违反了他自己的正义感吧。他就是这样的人，不会做不对的事。”

“所以你真的收受非法政治献金了吗？”

“我父亲那一代是有的。我是当上了议员后才发现，当时及时阻止了后藤先生。但是岩崎跟我说，应该公开我父亲那一代的作为，请求社会大众原谅。我没有听他的。”

“为什么没跟我说呢？”

“我也不知道为什么。或许是因为我们都背负着上一代犯下的过错吧。这么说可能是借口。我本来想哪天你知道自己是下田的女儿，那我就把父亲的事告诉你……不，这分明是我软弱的借口。你毫不犹豫地打算公开自己的身世，我只是没有勇气而已。”

“你怎么会软弱，你的正义感比谁都强。就算你想公开公公那一代的事，为了我跟裕太你应该也会三思的。所以岩崎先生应该是知道你的苦恼，就自己去告发了……你是在裕太出生前还是出生后，知道我是杀人犯的女儿的？”

“出生前。”

“那么久以前就知道了，为什么还跟我在一起呢？裕太也还没出生，把我赶出去就好了啊。”

然后跟亚纪小姐结婚，就没有烦心的事了。以女婿的身份跟后藤先生处理非法政治献金的问题，从此过着顺利的议员生涯——幸好我没有这么说。正纪带着非常寂寞的表情望着我。

“阳子你做错了什么吗？”

“因为……”

子女必须背负父母犯下的罪过。要是我这么说的话，那正纪也必须背负公公犯的罪过。但是杀人和非法政治献金的罪过轻重有别。不，正纪的损失绝对比较大。我说不出话来。

因此正纪是为了我好而隐瞒——

“虽然是道代女士拿你的作品去参赛的，但我并不喜欢你出版绘本。我担心阳子的母亲不知道什么时候会出现，暴露阳子的身世。但是，你说出版绘本是为了晴美小姐，绘本的内容是晴美小姐的故事。要是她的父母看到了前来认亲就好了。这我也赞成。回想起来我小时候也看过很多绘本，但别说作者的长相了，连名字我都不知道，所以我就轻松地觉得应该不用太担心吧。但是你的绘本出名的程度超过我的想象，果然发生了不好的事。”

“没想到竟然让你这么担心。我虽然跟你说是为了晴美出版，但我自己当然也有所期待。我不知道你的心情，电视和报纸杂志的采访全部来者不拒，真是自作自受。”

“你是为了晴美小姐。看见在住家附近出没的可疑女性桥本弥生太太的时候，你是不是以为可能是晴美小姐的母亲？”

我点头。

“我看见她的时候毫无感觉，心想这不是我母亲。但晴美看到她也毫无感觉，我觉得果然只是个形迹可疑的人，所以跟你商量。”

“我知道桥本弥生就是下田弥生，当然希望她跟你毫无关系。要是她真是你们其中一人的母亲的话，我宁可她是晴美小姐的母亲。”

“但是弥生太太承认我是她女儿。”

“可是弥生太太叫我不要说，我只要保持沉默就可以了。然而却发生这种事，让你知道了真相。要是我在这里的话，至少可以用尽量不伤害你的方式告诉你。我在回来之前一直都非常悔恨，你却平静地把你调查到的事实告诉我了。”

“因为我希望裕太能平安回来啊。”

“我知道这是第一优先的事，但应该不只是这样。你手腕上的缎带跟那天的一样啊。”

正纪好像注意到我袖子底下的缎带了。

“你总是不肯全部都告诉我，真令人难过。要是跟我之间发生什么状况的话，你也有可以去的地方，所以没关系。你有这种退路。通常一般女性的退路就是娘家，但阳子的退路是你最喜欢的小晴吧。”

“正纪跟小晴是不一样的。我哪有什么退路。”

“我知道，所以我不会只让你公开秘密的。”

“但是裕太……”

“我并不是说不要公布真相。我也跟你一起公布我的真相。”

“……不行。”

绝对不能这样做。我心中虽然这么想，但只吐出了羞愧的声音。我太狡猾了。

“我想你大概打算跟我离婚，然后公布真相，但我是不会答应的。”

“全都被你看穿了。”

我费尽力气才吐出这句话。

……我的手机响了。是后藤先生。

我接了电话，他问我现在在哪里，我说在高仓家。他说他现在跟道代女士一起过来。后藤先生应该不知道正纪回国了。

我正要说请等一下，正纪伸出右手，我把手机交给他。

“后藤先生，你们现在过来没关系。我也在。”

说完正纪就把电话挂了。

“后藤先生他们没必要知道你的身世，也没必要知道我们打算怎么办。我会遮掩过去的，你不要说话就好。”

我默默地点头，一切都交给正纪即可。心中浮现这个念头的瞬间，一直紧绷的神经好像断了一样，全身都松弛下来。已经没事了……

我解开小晴系上的缎带，仔细收在包包里，然后开始准备泡茶。

后藤先生来到家中，我请他喝茶。他大声吼道：“现在哪有这种闲空？”他把一张传真纸塞给我。又是恐吓信。

叫我去办事处就好了啊，为什么特地跑到家里来。他们一定认为事态严重吧。“糟糕了，完了。”道代女士在后藤先生身后喃喃道。

要是知道真相的话，明天在《美津子的小屋》公开。要是还不知道，后天就去白川溪谷。

“《美津子的小屋》……嫌犯知道你的行程表吗？”

我看着好像用尺画出来一般的字，正纪在旁说道。

“今天的节目有预告。”

“那就没法缩小嫌犯的范围了，发送传真的地方是微笑超市 T 分店。”

“跟之前的地点不一样。今天早上我和岩崎先生到上次发送传真的微笑超市 K 分店去过了，问他们发送传真的是怎样的人。可能嫌犯起了戒心，到别处去传了吧。”

“所以我们这里的行动嫌犯全知道。”

正纪这一句话让我浑身发冷。我完全没意识到嫌犯对我们的行动了如指掌，今天一天还到处跑。说不定嫌犯也知道我已经查出事情真相，所以才传了这张传真。幸好我们没去报警。

“怎么办？《美津子的小屋》是现场直播的节目，一切都按照剧本进行。你要是突然说了奇怪的话，一定会一团混乱的。”道代女士说。

我不知道她到底在担心什么，我也想象得出会一团混乱。或许让他们修改剧本比较好，跟他们说我希望有时间讲讲在此之前没有人知道的我的身世，我想他们应该会给我五分钟的。

“我想在节目开始前跟他们说，希望能有一点自由谈话的时间。要是可以的话，我就照嫌犯的要求去做。要是一定要按照剧本，那我会尽量在不给大家添麻烦的情况下，不管剧本安排，在节目最后对着镜头公布。”

我望向正纪，他对我点头。但是道代女士惊慌失措地说：“这样没问题吗？”

“所以你知道真相是什么了吗？”后藤先生问我。

“知道了。”正纪回答。

“到底是什么真相？”

“现在没办法说。明天看电视就知道了。”

“为什么不说？我们从昨天开始就担心裕太得要命，尽力帮忙了，你应该也知道吧？”后藤先生对我说。

“我非常清楚。真的非常感谢后藤先生和道代女士。但是还是请你们等到明天吧。不是办事处的事情，而是我的私事。请你们谅解。”

不是办事处的事可能让后藤先生松了一口气，他悻悻然地说：“那就没办法了。”

“你要说的真相，不会影响正纪议员的选情吧？”

他突然击中了我的痛处。

“不会有影响的。我这次出差也把该做的事情都办完了才回来的。”

正纪强调。

……就在此时，客厅的门突然大开。

“不要被骗了！”是亚纪小姐。

我有锁上大门啊……

“说对选举没影响是骗人的。阳子是‘枫树町谋杀案’凶手的女儿，她要在电视上公开。而且正纪还觉得只有阳子公开丑事还不够，他也要公开前任议员收受非法献金的事！”

亚纪小姐一口气说完，呼呼地喘着气。

“你怎么知道？”

“黄昏的时候我来拿老太太的换洗衣服，她给了我钥匙。不要误会，我可没有故意偷听。我到房间里的柜子找大一点的袋子装东西，然后阳子回来了，正纪也回来了，你们在客厅讲些好像很严肃的话，我不好突然出来。”

没想到我跟正纪的谈话全被亚纪小姐听见了。

“不管这些了。正纪，亚纪说的都是真的吗？”

“是真的。”正纪回答。

道代女士发出一声悲鸣，立刻离我远远的。对杀人犯的女儿来说，这样的反应或许很正常。

“你骗了正纪和我们大家！”后藤先生指责我。

“不要这样。阳子之前根本不知道。是我骗了她。”

正纪推开后藤先生，这次他转而指责正纪。

“正纪，你知道你爸妈多辛苦才建立起高仓一家的名望吗？我们也支持了你们几十年。你竟然维护这样的老婆，是打算把一切都毁了吗？”

后藤先生大声咆哮，眼中浮现泪水。

“对啊，正纪，你爸妈跪在地上磕头，一路辛苦过来的。你的责任不就是守住他们的地盘吗？你什么都不明白，就要背叛你爸妈。”

道代女士也一边哭一边责备正纪。

“我已经决定了。”

正纪对他们俩说。

“你说什么！”

“不要这样！”

我使尽浑身解数大叫。正要继续逼迫正纪的后藤夫妇转向我。

“请替裕太着想吧。我明天不在《美津子的小屋》公布真相的话，裕太就回不来了。所以无论谁说什么，我都会上节目。但在那之前，明天一大早我就会提出离婚。”

“阳子，你在说什么？！”

“正纪，也请你听我说。离婚协议书我已经准备好了。我提出离婚，然后公布我是杀人犯的女儿。正纪是今天才知道我的秘密的。这样还会影响到选举的话，就说你被我骗了。”

“我怎么能这么做！”

“所以我才求你啊。我希望裕太能够平安回来，但我也希望你能达成长久以来的梦想。而且你的家人并不是只有我和裕太。婆婆、后藤先生一家人、办事处的人员，大家都为了你尽心尽力，请不要为了我背叛这些人。”

“你和裕太是我最重要的人，没有什么是值得我放弃你们去守护的。”

“我不会把裕太带走的。他跟杀人犯的女儿一起生活，不如跟你和大家在一起比较幸福……求求你了。”

我脑海中突然浮现弥生太太的面容。她或许是打算等身体好起来就去孤儿院接孩子的。但是她应该也是牺牲自己的愿望，为孩子的幸福着想吧。

所以我被亲切的养父母收养，过着无忧无虑的生活，还幸福地结了婚。裕太也一定要这样幸福。

见到裕太平安归来，握住他的小手，拥抱他香香的小身子，我不知道自己是否还能有同样的心情。只不过裕太出生之后，我就知道我最大的希望并不是自己的幸福。

“就算你求我，我也不可能全部答应。我也认为裕太平安归来是第一优先。要是你打算提出离婚然后上电视公开，那就这么做吧。”

正纪好像已经放弃般说道。

“就算我同意，后藤先生他们也不会就这样离开。他们不放心我们单独在一起呢。”

“这……”

后藤先生虽然开口，但并没有否认。

“到头来大家最优先的就是保护自己。我今天晚上睡办事处。要是担心的话，后藤先生也可以一起来，道代女士跟亚纪就请回家吧。阳子为明天做准备，在这里好好休息。”

正纪说着拿起出差的行李离开了。后藤先生跟道代女士追了出去，客厅里只剩下亚纪小姐。

亚纪面无表情地瞥了我一眼，拎起脚边的拉链包。

“亚纪小姐，那真的是我婆婆的换洗衣物吧？”

“你是什么意思？”

“就是我问的意思。那个包包里放着我婆婆的换洗衣物对吧？”

“当然啊。你还在怀疑我吗？你以为里面有裕太的换洗衣物？那就打开来看啊。”

亚纪小姐拉开包包的拉链，把里面的东西倒出来。花纹女性睡衣和浅紫色的小外套掉在地板上。

“怎样，满意了吗？”亚纪小姐说道，把包包往地上一扔。

“跟你一样满意……”

我这么说，亚纪小姐冲出了客厅。

空荡荡的家里只剩我一个人。裕太在柜子上放的照片里对我笑着。

裕太、裕太、裕太……

为了你，我什么事都做得出来。

*

玻璃容器里放着一球球的香草冰淇淋。

“要插上饼干条吗？”

香草冰淇淋上插了两根巧克力饼干条。

“哇，看起来好好吃。”男孩高兴地说。

“要不要看假面骑士啊？有录好的。”

“我比较喜欢绘本，不喜欢电视。”

“这里只有《蓝天缎带》。”

“那本好，我最喜欢那本。但是那跟我家里的不一样哦。”

“因为家里的是用绘图纸画的？”

“嗯，而且故事也不一样。”

“怎么个不一样法？”

“主角是小优，但这本是男生，而且缎带是红色的。”

“红色的？为什么？”

“因为妈妈的名字跟太阳一样。红色缎带是妈妈的颜色，太阳公公笑眯眯，妈妈也笑眯眯，妈妈一直看着小优哦！故事是这样的。”

“那怎么变成蓝色了呢？”

“因为主角变成小晴阿姨啦。在店里卖之前改写的。”

“真的吗？”

“我听见妈妈跟爸爸说，要是小晴的妈妈能看到就好了。而且店里卖的绘本里的小优，跟那边的女生一模一样啊。”

男孩用手指着窗边墙壁上挂的画。

冰淇淋开始融化了。两根饼干棒朝不同的方向倒下。

*

“喂？妈，是我。”

"啊，阳子，好久不见了。你好像很忙，不过精神还好吧。"

"嗯，我很好。妈，我想问你一个问题。"

"什么？"

"妈之所以领养我，是因为园长推荐吗？"

"才不是呢。我看见你躺在小床上对我笑，觉得你好像在叫我妈妈。所以我跟园长说请让我们收养这个孩子。爸爸也一眼就看上你了。"

"这样啊。谢谢你们让我当你们的女儿。"

"讨厌，干吗突然这样，发生了什么事吗？"

"没有。我只是想问一下而已。天气有点凉了，别感冒哦。跟爸爸说不要喝太多酒。就这样——"

*

阳子签名盖章的离婚协议书放在餐厅桌上。

高仓正纪拿起这张纸，打开行动电话的通信录。

岩崎——电话、拨号。

晴美

昨天晚上在高仓家前面分手之后，阳子一直没有跟我联络。果然正纪一回来她就不需要我了。阳子跟正纪说了自己的身世，两人找到答案了吗？他们要公开真相吗？

下午一点二十七分，大型家电量贩店卖场的电视全都正在播放每朝电视台的节目。我本来想，要是设定成别的台，那就用遥控器换台，显然连这工夫都省下了。

再过几分钟，《美津子的小屋》节目就要开始了，今天的来宾是高仓阳子。

不管在任何情况下，阳子都会笑着上节目吧。

通常我不会在这个时候看电视，为什么脑海中浮现了节目的主题曲呢？是因为这是全国国民都收看的节目，还是因为跟别的曲子很像呢？

我本来以为在电视前面停下来看节目会引人注目，但熟悉的主题曲开始播放，不只经过的人停下脚步，连店里其他地方的客人也都过来，聚集在电视前面。

穿着鲜艳的服装，头发像海螺一样盘在头上的美津子登场了。

“各位观众，午安，我是美津子。今天的来宾是畅销书《蓝天缎带》的作者，高仓阳子女士。”

我隔壁的两个女人齐声说：“谁？”她们两人都不知道，于是百无聊赖地走开了。我以为这样上了电视，全日本就没人不知道阳子和《蓝天缎带》了，但显然大众的关心程度也就只有这样而已。

虽然如此，看一下也好啊——

阳子在轻快的音乐中出场了。她穿着米色的套装，在一般人眼中，她跟华丽的美津子比起来更显得朴素。镜头拉近到她微笑打招呼的表情，看起来就像优雅的贵妇人。

“在这个出版业不景气的时代，《蓝天缎带》的销售量突破了十万册，恭喜您。其实出版之后我就立刻拜读了，真的非常感动。我非常期待今天跟高仓女士见面呢。”

美津子这么说。接着她为没看过书的观众介绍了绘本的内容。没有母亲的小女孩带着母亲留给她的蓝色缎带，跟好朋友小兔子一起到森林里寻找母亲。非常单纯的故事。

“我个人对最后一幕的感觉是小女孩终于见到母亲了，这样解释可以吗？”

美津子问道。故事最后一幕，小女孩得知母亲把思念寄托在蓝色缎带上，抬头仰望着天空，然后天空对小女孩微笑了。她带着得意的表情这样解释，这不是令人费解的结局。小朋友们也会这样解释吧。

“我也希望要是这样就好了。”阳子温柔地笑着回答。

她现在心里想着下田弥生吗？

“您怎么会想到要画这本作品呢？”

美津子号称是风格独特的主持人，问的问题却也普通得很。

阳子说因为自己必须辅助先生的事业，跟儿子在一起的时间有限，常常让他一个人，所以想让他知道妈妈虽然不在身边，但随时都想念着他。绘本就是这样画出来的……阳子平常接受采访的回答，我都已经会背了。

“我的好朋友在我烦恼的时候讲了这个故事激励我，我讲给儿子听，他说希望我画成绘本，所以我就画了。”

咦，跟平常的回答不一样？美津子也露出惊讶的表情，低头瞟了一眼剧本。但这就是专业人士的本领吧，要不就是因为有意料之外的发展而感到兴奋，她倾身向前追问。

“所以这是您朋友的真实故事啰？”

“不是全部，不如说主人翁可能是我呢。”

“您这么说的意思是？”

“我出生后不久就被送到了孤儿院。”

“这样啊。那一定很辛苦吧？”

“其实没有。我在孤儿院只待了半年，就被现在的父母收养了。他们把我当亲生女儿一样抚养长大，我一直不知道自己是养女。”

“真是太好了。令尊令堂真是好人。”

“是的。我非常感谢他们。上了大学之后，我在申请护照的时候才发现自己是养女，就开始想知道亲生父母的下落。”

“我明白。就算是在备受呵护的环境下长大，不管是谁都还是会想寻根的。”

美津子的话让阳子露出放心的表情。

“谢谢您。您这么说就让我不再迷惘了。养父母说他们收养我的孤儿院是 K 市的‘友爱园’，但我去的时候，那里已经因为财务困难而关闭了。但是我没有放弃，心想就算是一点线索也好，就加入了当地的义工团体，到附近的孤儿院服务。我在 Y 市的‘朝阳学园’认识了我的好朋友。我们同年，有着相同的境遇，但她比我不知坚强多少倍，非常优秀，总是帮我的忙。”

“您在想解开命运的枢纽之时，碰到了非常好的朋友。啊，我刚说了‘枢纽’，但对高仓女士而言，应该是蓝色缎带吧？”

“蓝色缎带就是命运……我以前从没这么想过，但一定是这样的。我人生中有两次重要的决断，每次我的好朋友都把蓝色缎带绑在我手腕上。”

“那是宝物吧？”

“是的。我的好朋友出生后就被送到了‘朝阳学园’。只不过她的母亲留下了一封信和代替妈妈的东西给她。”

“就是蓝色缎带吧。她把这么宝贝的东西系在您的手腕上，真是一段佳话。您说系了两次，缎带有很多条，还是很长吗？”

“不是，只有一条，大概一米长。第一次她把缎带剪成两半，系了一条在我手上。”

“用剪刀剪断吗？”

“是的。我把烦恼告诉她的时候，她拿出缝纫包里的小剪刀，毫不迟疑地把缎带剪成了两半。如果我是她的话，不知道能不能够办到。”

“我一定办不到。这种决心真是太了不起了。第二次是又剪了一半吗？”

“不是。她把自己珍藏的一半又系在我的手腕上。”

“这样一来，您朋友手上就已经没有母亲留给她的缎带了。”

“是的。今天我把两条缎带都带来了。所以我现在并不是自己一个人，我要借着她给我的勇气，在这里公开我的亲生父母是什么人。”

“啊，您已经知道令尊令堂的身份了。恭喜您，您要在本节目公开是吧。这样电视机前面的观众，都可以分享您的喜悦了。”

“我的父亲是三十六年前‘枞树町谋杀案’的凶手——下田俊幸。我是杀人犯的女儿。父亲已经死于狱中，但父亲没有赎的罪，请让我这个做女儿的来赎吧。”

阳子说着深深低下头。

“哎，咦，这是怎么回事？”盯着电视看的人群发出好奇的疑问。

画面上张口结舌的美津子被广告所取代。还剩十五分钟，接下来节目要怎么进行呢？但是我不能一直待在这里看电视。

我得完成答应阳子的事。

我叫了身边也盯着电视看的朋友，两人一起离开。

*

Y市H大附属医院里的病房中，床边放的小电视上映着高仓阳子的特写。

“我的父亲是三十六年前‘枞树町谋杀案’的凶手——下田俊幸。我是杀人犯的女儿……”

“呜呜呜……”

下田弥生用双手掩着嘴，痛哭出声。

阳子

节目切入广告之后，制作人冲了上来。

“你这样让她随便说话，破坏我们节目，到底是想怎样？”

美津子女士对着制作人大吼。节目开始前我说想要自由发言的时间，他们强烈反对，现在我知道为什么了。

但是美津子女士完全没跟我说话，连看也不看我一眼。知道我是杀人犯的女儿，她害怕了吧。

还不到一分钟，来自全国的电话、传真以及网站上的留言就蜂拥而至。

“继续进行吧。美津子女士就问高仓太太为何在备受全国瞩目的时候，选择在本节目公开这么重要的事，以及她今后打算如何赎罪吧。”制作人说。

非得说到这个地步不可吗？我简直想逃跑。我暗暗希望美津子女士会拒绝，但她坚决地点点头。

“知道了。我有义务让节目成功。刚才听到那番话，害我在镜头前露出吓了一大跳的表情，这都是高仓太太您的错。待会儿请您继续说下去，好让我们把节目做完。”

美津子女士直直地望着我说。

为了救裕太，我把不相干的人都卷了进来，这是事实。我打算在不危害到裕太的情况下，尽量回答美津子女士的问题。

工作人员过来跟制作人小声地交谈着，但是什么也没告诉我，节目就再度开始了。

“高仓阳子女士这么重大的发言，大家一定都很惊讶。您为什么决定今天在我们节目上公开呢？”

“突然让大家吃了一惊，真的非常抱歉。我并不是一直隐瞒着这件事，而是昨天才知道的。我自己都不太清楚到底该如何处理，但我觉得要是瞒着广大读者，继续当绘本作家的话，就等于是欺瞒了社会大众，所以决定尽快公开。我知道这样会给美津子女士、节目的工作人员以及电视机前面的观众添麻烦，真的非常抱歉。”

杀了我也不能说裕太被绑架了。这样解释美津子女士能接受吗?

“我明白了。高仓太太，我虽然非常吃惊，但您的勇气让我十分佩服。我知道您的朋友在您手腕上系了蓝色缎带，鼓励您这么做，但今天在节目上公开的事，您先生知道吗?”

“不，我先生什么也不知道。我准备好了离婚协议书才到这里来，我自己的罪过会自己承担。”

“现在，我们现场来了一位非常想跟高仓太太见面的人。请上台来！”

我还搞不清楚这话到底什么意思，就有人从我背后过来了。我听脚步声就知道是谁。他为什么到这里来……

“容我介绍，这位是高仓太太的先生，高仓正纪议员。”美津子女士说道。

正纪鞠了躬，在我旁边坐下。来宾用的椅子本来就有两把，我望着荧幕，画面上就像是原本打算要有两人一样，看起来十分自然。

这到底是谁策划的？我没按照剧本进行，反而在节目上公开自己的身世，难道工作人员早就知道了吗？

“刚才尊夫人说的话，高仓先生听到了吗？”

“听到了。”

“您觉得如何？”

“在我回答之前，请容我修正一下拙荆的发言。她的确是昨天才知道自己的身世的。但是，我并非完全被蒙在鼓里，反而是我早就知道她的身世了。我隐瞒了好多年。”

“原来如此。这是因为要保护尊夫人吗？”

“我希望是这样。但从某个时候开始，隐瞒的理由就成了我担心她会知道我的秘密，所以握着她的秘密当把柄。”

“正纪……”

我发现麦克风把我无意间说的话都收了进去，真不知该怎么办才好。

“您的秘密是什么呢？”

美津子女士虽然追问，但她脸上的表情却像是说：请不要再丢炸弹了吧。

“我是K县的县议员，我的办事处有收受非法政治献金的嫌疑。”

“您也要在本节目上公开内幕吗？”

“不，我们不能再给全国观众每天都愉快收看的节目添更多麻烦了。我在此宣布明天将召开记者会。”

“原来是这样。”

美津子似乎松了一口气说。制作人举起大字板，上面写着“现在就问！”但是美津子女士摇头。

“我想一定有许多观众看了我们的节目感到非常惊讶。但是比起惊人的爆料内容，高仓阳子女士在这种公开场合揭露事实的勇气，以及为了维护太太而赶到现场的高仓先生的爱，更是今天本节目的重点。希望各位观众都能有所体会。”美津子女士对着镜头这么说，然后转向我们。

“我深切希望，两位商讨之后充满希望的结论，能改天在本节目上告诉大家。非常感谢你们今日前来参加。”

“非常感谢。”

我和正纪都诚恳地对美津子女士道谢，深深低下头。这样一来，我能做的都已经做到了。

裕太能平安回来吗？

正纪拉着我的手，像逃亡一样从后门离开电视台。在休息室的道代女士会处理后续吧。我们正要去叫出租车，手机就响了。是小晴打来的。

小晴好像到电视台来了。我们约在正门口的出租车招呼站碰面。

我才挂断电话，就看见小晴了。她不是一个人。裕太牵着她的手。小晴把裕太带回来了。

“妈妈！”

裕太看到我们，笑着挥手。我冲上前去紧紧抱住裕太。这不是做梦，裕太真的在我怀里，微微汗湿的头发发出甜甜的香味。

“裕太。”

正纪把我和裕太一起抱住。

“在这里！”

我听到声音抬起头来，看见媒体记者往这里跑过来。他们是看了电视赶来的吧。

“快上车！正纪先生和裕太坐那辆。我和阳子坐这辆。”

小晴催促我们上了两辆出租车。

“大家不一起坐吗？”

“我有重要的话要跟你说。”

小晴大声说道，然后在我耳边低语：“我带你去嫌犯那里。”

正纪好像也听到了，他说：“我也一起去。”但我跟他说还是先带裕太回家比较重要。我和小晴上了出租车。

她可能趁我对裕太挥手道别的时候跟司机说了目的地，我一上去司机就默默地开车了。

“小晴，裕太在哪里？”我压低声音问道。

“谋杀案被害人的家属那里。”

“果然是这样。小晴找到他们的住所，把裕太带回来了吗？”

“因为阳子遵守了约定，所以把他带到电视台来了。”

“啊……”

我的决定并没错。裕太平安无事地回来了。

“小晴为什么来电视台？难道是跟踪嫌犯？”

“因为我看了电视。”

“这样啊……被害者的家属，是怎样的人？”

“被害者高松秀夫和妻子是有小孩的。”

“所以是那个人……”

我本来打算裕太平安回来之后就报警，但这样做好吗？对方因为我父亲而失去了父母。

那个人有着怎样的人生，现在又过着怎样的生活呢？我想问小晴，但我感觉到后视镜里司机好奇的表情，决定还是不要在车里谈这个话题。

出租车上了高速公路。到底要去哪里啊？小晴只默默地望着车窗外。过了一会儿，车子从我熟悉的地名下了交流道。

车直直地往前开，然后左转，小晴不时指示司机。我看见窗外熟悉的风景慢慢改变。看得到海了。

"请在这里下车。"

这里是——"朝阳学园"正门。

*

正纪在出租车后座紧紧握着儿子的小手。

"裕太，你害怕吗？"

"怕什么？我乖乖地看家呢。但是不要跟妈妈说我尿床了哦。"

"裕太你——"

手机响了。来电者，岩崎——

晴美

可能是为了要防止犯罪，"朝阳学园"的大门白天也紧闭着。今天天气非常适合在外面玩耍，孩子们都在玩游乐设施，但是旁边并没有聚在一起聊天的母亲们。这是当然的。

"裕太一开始跟大家一起玩捉迷藏，但过一会儿好像就腻了，自己一个人玩秋千。裕太，我来接你了哦，妈妈跟亚纪阿姨都在忙选举的事，暂时去我家住吧。他说好，毫不迟疑地就来了。他问说为什么穿这种衣服，我说记者有时候也得乔装打扮一下。他说好好玩哦。真的是非常纯真的孩子。"

“……小晴？”

阳子好像听不懂我在说什么。不，她听懂了，只是不敢相信而已。

“亚纪小姐真的很容易看透。她早该放弃正纪先生了，但到现在还执着得要命。但是，正纪先生既然知道亚纪小姐的感情，还让她做自己的秘书，也未免太差劲了。”

“小晴，你把话说清楚。”

“要是想让令郎平安回来，就把真相公之于世。想想‘白川溪谷事件’吧。我做了你会去报警的心理准备，但没想到‘白川溪谷事件’这么有威慑力。还有之所以能成功，是因为一开始没有提‘枞树町谋杀案’，而是后来才传真到办事处吧。后藤先生连阳子的手机都拿走了。”

“不要这样，小晴，你在代替谁说话？”

“确认没有报警的迹象之后，送出第二封恐吓信。线索是‘枞树町谋杀案’。这种事一天是查不清楚的，我本来想诱导你，没想到我在替裕太尿床善后的时候，你就查到桥本弥生了。但这样我既省了工夫，又不用诱导你，也就不会引人怀疑。你好像只怀疑岩崎先生。”

“小晴也知道我是下田的女儿吗？”

“也？”

“正纪好多年前就知道了。他在电视上说了吧，那是真的。”

节目我只看了一半，就出发去电视台了。原来在那之后正纪先生也上了节目，而且他多年前就知道阳子是杀人凶手的女儿，还继续跟她维持夫妻关系。

“不必用这种手段，或许也能得知真相。”

我从包包里拿出约一米长的蓝色缎带，在门柱上系了蝴蝶结。

“怎么说？”

“绘本大受欢迎，到处都有卖的。这成了廉价的玩意儿。”

“对不起……”

“你画给裕太的故事主人翁是男孩，缎带是红色的。为什么出版的时候主人翁变成女孩，缎带也变成蓝色了？”

“那是因为……我想小晴的妈妈或许会看到。对不起，是我擅自做主了。”

“阳子不也知道我妈妈早就死了吗？”

“是吗？我从来没听说过。”

“我给你看过信啊。”

对我而言是把宝物给阳子看，阳子却早就忘记了。

“你是妈妈的宝贝。妈妈虽然不能跟你在一起，但会一直从蓝天上守护你的幸福的。”信的内容阳子每个字都记得。

“我看了那封信，并不觉得小晴的妈妈死了。我觉得她是在某处看着你。小晴为什么觉得你妈妈死了呢？”

我——

我想知道自己的身世，所以进入报社工作，趁工作的闲暇调查过去的报道。最近的报纸上有定期召集孤儿院儿童养父母的讯息，我打算调查以前是否也有同样的活动。

“枞树町谋杀案”吸引了我的注意。

我出生的时候发生的杀人案。调查了当时的记录，发现被害者和凶手双方都有同样年纪的后代。

我心想自己可能是其中之一也说不定。进一步调查发现，凶手也住在枞树町，被害者高松的妻子事后在Y市的娘家服用大量安眠药自杀。

她的娘家离“朝阳学园”步行只有几分钟。

发现这点时，我脑海中浮现了母亲抱着襁褓中的我前往“朝阳学园”的画面。留下跟海和天空一样蓝的缎带跟信，离开人世的——妈妈。

门柱上系着的蓝色缎带随风飘扬。

“所以小晴那个时候就知道，我是凶手下田的女儿了？”

“哪有这么容易就联想在一起。我也调查了下田的妻子，发现她的手术很成功，孩子也生下来了。这样的话就算暂时送到孤儿院，后来还是会自己养育的吧。我完全没想到会为了孩子的未来而放弃。因为不管怎么辛苦，孩子还是跟父母在一起最幸福吧？”

假设我是杀人凶手的女儿，妈妈说为了你好，我要把你送到孤儿院。那我一定会说，不管怎么辛苦，我都想跟妈妈在一起。

“那你是怎么知道我是下田的女儿的？”

“采访那天。”

"在游泳学校旁边的咖啡馆那次？"

"对。我跟阳子分手之后，跟踪了公园那个形迹可疑的女人。"

"为什么？"

"阳子觉得她形迹可疑，而我觉得她说不定是阳子的妈妈。她住在一间老公寓里，门牌上写着'桥本弥生'。我当时不知道下田的太太叫作弥生，所以只觉得很兴奋。就在这个时候，已经进屋去的桥本弥生突然出来了，问我是谁？我想也没想就掏出名片。然后……她说她跟高仓阳子毫无关系，就逃回屋子里去了。她可能以为我是要去采访的，所以我确信她就是阳子的妈妈。"

"啊……"阳子发出恍然大悟的叹息。

我本来想立刻跟阳子说，但那天晚上吉井到我家来了。他说孤儿院的孩子很恶心，我把他赶了出去，带着想跟阳子诉苦的心情，回想起以前的事，打开电脑要整理采访资料。

我一时心血来潮，搜索了"桥本弥生"，然后再半开玩笑似的加上"枞树町谋杀案"，发现加害者的妻子叫作下田弥生，旧姓桥本。

当时的报纸和电视报道都没有提案件相关人士的姓名，网络上搜索得到，应该是知道案子详情的人，在几十年后写下的吧。

当时我一定跟阳子一样发出惊呼，露出同样的表情吧。

我感到深深的绝望——

"小晴，我该怎么办才好？我从昨天晚上开始，就一直想要怎么跟被害人的家属谢罪。现在既然知道对方是小晴你，就更加不知道怎么办了。小晴你想怎样就说吧。”

“我——我想怎样呢？我知道阳子是下田弥生的女儿的时候，心想这世界未免太不公平了。凶手的女儿竟然比被害者的女儿幸福。真是不可原谅。”

“所以你才绑架了裕太？”

“对。但我并不想夺走阳子重要的东西，让你受苦。我想让阳子知道自己是下田的女儿，然后让你对世间公开。”

“为什么？”

“我已经说过了，因为不公平啊。”

“这样的话你直接跟我说就好，为什么要绑架裕太？！”

“你就算知道自己是凶手的女儿，不把你逼到一定程度，应该仍旧跟没事人一样过着同样的日子吧，也不会想对被害者的亲属谢罪吧？”

“朝阳学园”里传来了音乐声。跟我在的时候一模一样，这表示点心时间到了。孩子们都奔回屋里。对了，《美津子的小屋》的主题曲，跟这首音乐很像。

“……我虽然这么想，但看到阳子在电视上堂而皇之地告白，我发现阳子是不会想隐瞒真相的人。阳子不会隐瞒事实照样过日子，不会把被害者的家属不当一回事。”

阳子转开视线，抚摩门柱上的缎带。她用指尖卷住缎带的末端，把蝴蝶结拉开。

“不，我没那么坚强。我是想着就算失去了一切，还有小晴跟我在一起，才鼓起勇气公开的。昨天你在我手上绑缎带，意思也是要我公开？”

“也有这个意思在内，但不只是这样。我都绑架了你儿子，这么说你可能不相信，但我本来期待‘友爱园’的园长能证明阳子不是下田弥生的女儿的。我心想，要是她说出别人的名字就好了。但是桥本弥生竟然是园长主办的义工团体成员，我就不能回头了。我虽然害怕自己犯了大错，但也希望能快点结束。”

“快点结束？”

“只要阳子公开真相，一切就结束了。阳子虽然是我憎恨的对象，但我看见阳子痛苦一点也不开心，而且非常难受。所以只要阳子公开真相，我就把裕太送回来，也跟你说实话，这样一切就结束了。我并不想一辈子都憎恨阳子。”

“小晴……”

阳子的眼泪意味着什么呢？我的眼泪又意味着什么呢？

要是早点知道真相，我或许可以打心底憎恨阳子，会打算复仇也说不定。但是知道真相的时候，我已经没办法像剪断缎带那样，跟阳子一刀两断了。我们两人早已有了羁绊。

……就在此时，一辆出租车开了过来。

正纪先生、裕太、岩崎先生下了车，还有——桥本弥生。

阳子

正纪他们怎么会到这里来？最后被岩崎先生扶下车的是桥本弥生太太，我的母亲。

“你们果然在这里，阳子、晴美小姐。我不知道你们说了些什么，但弥生太太有话要说。”正纪这么说。

弥生太太被岩崎先生支撑着，望着我说：“对不起。”然后她转向小晴。

“我的女儿不是阳子女士。是你啊，晴美。”

弥生太太，你说什么？

“我是‘枞树町谋杀案’的凶手下田俊幸的妻子。丈夫为了我犯下了滔天大罪。我生下孩子，接受手术之后，就发誓要替丈夫赎罪。

“我得知高松先生的太太自杀了，决定要送走孩子，让自己痛苦一辈子。下定决心的那天，我把刚出生的孩子放在H大附属医院附近的‘朝阳学园’门口，就在现在晴美站着的地方。我留下跟遗书一样的信，不让人猜到她是凶手的女儿。

“你是妈妈的宝贝。妈妈虽然不能跟你在一起，但会一直从蓝天上守护你的幸福的。

“本来光是这样就好了，但我也想留下这是我们的孩子的证明，就放了一条蓝色缎带。那是我先生最后一次来看我时，绑在花束上的缎带。”

小晴说不出话，她面无表情，僵在当场。

“我看见阳子女士的绘本，本以为阳子女士是我女儿。”

“但是我的简介写着我出生于 K 市。”

“我以为那是您被收养的地方，大家可能曾经同时住在同一个市内，光是这样想就让我很高兴了。我想抚摩您长大成人的手，心想或许可以假装成您的书迷，跟您握手，所以就在您周围徘徊。早知道我不该这么做的。因为这样您先生和晴美就知道我是谁了。今天，您先生的朋友岩崎先生到医院来，说要跟我一起看《美津子的小屋》……”

“蓝色缎带是阳子女士的好朋友的故事，这样的话，阳子的好朋友才是我女儿，阳子完全误会了。”弥生太太难过地说。

岩崎先生接着继续说明，正纪拜托他到医院去，让桥本弥生太太看《美津子的小屋》，他就在不知情的情况下去了。

正纪是希望让她看见我接受自己是杀人犯的女儿的决心。

岩崎先生听到弥生太太的告白，惊讶地打电话给正纪，正纪更加大吃一惊。他猜想我和小晴可能到“朝阳学园”来了，所以就带着弥生太太，大家一起找到这里。

“弥生太太现在还是回医院比较好。”岩崎先生说。

他们好像是瞒着医院偷偷跑出来的，考虑到弥生太太的身体状况，他们让出租车在旁边等待。岩崎先生叫出租车开过来，要扶弥生太太上车。

弥生太太不安地望着小晴。

“对不起，我本来不该说出我是你妈妈的。”

“不，谢谢您告诉我。发现以为已经死了的母亲其实还活着，比知道自己是杀人犯的女儿重要太多了。我做了这么多轻率的事，但现在知道真相还是很高兴。”

小晴把手搭在弥生太太肩膀上，搀扶她上了出租车。

“我母亲就拜托您了。”

小晴对坐在弥生太太旁边的岩崎先生说。弥生太太双手掩面，肩膀抽动，小声呜咽地说：“谢谢你。”

“朝阳学园”门口只剩下小晴、我、正纪和裕太四个人。

“对不起。”小晴转向我，低下头道歉。我实在不知道该怎样应对目前的状况，我只知道小晴和我的立场逆转了。

“我现在就去警察局自首。”小晴说。

“为什么？”

“我会告诉他们是我把裕太带走的。”

我望着裕太，他瞪着眼睛愣愣地轮流看着小晴和我。这幕情景在孩子眼中看来是什么样子呢？

“裕太从大前天的下午到今天早上，都做了什么呢？”

“我在小晴阿姨家看家。不是因为要选举了，所以妈妈拜托小晴阿姨照顾我吗？”

“你在小晴阿姨家做什么呢？”

“吃饭、吃冰淇淋，小晴阿姨还念绘本给我听。啊，但是……”

“什么？”

“你不会生气？”

“不会，你说吧。”

“我尿床了。但是小晴阿姨也没生气。”

“这样啊。好玩吗？”

“嗯！”

我摸着裕太的头，面向小晴。

“小晴，对裕太来说这就是真相。我觉得要是让警察盘问他，反而会让他受惊。”

“但是我做了不可原谅的事。”

“我并没有说原谅你。但是这件事就这样结束吧。小晴刚才不是也这么说了吗？虽然我们的立场逆转了，但我也是这么想的——正纪，这样可以吧？”

正纪用力点头。

我从皮包里拿出小晴给我的两条蓝色缎带，在小晴右手腕上系了一条，另外一条让她握在手里。

“我给了阳子这种东西，给你添了麻烦……”小晴紧紧握着缎带说道。

“请不要说缎带是‘这种东西’。因为有了这条缎带，我才能跟正纪和裕太在一起。小晴手里握着的那条，请系在你母亲的手腕上吧。”

我抱住小晴的肩膀。我们紧紧拥抱，然后默默分开，朝不同的方向前进。

我们一家三口，手牵着手——

我转过身时，已经看不见小晴的踪影。系在门柱上的蓝色缎带，在午后阳光的照射下发出柔和的光芒。

在那之后

*

正纪和阳子在高仓弘子、后藤、道代和亚纪面前，解释了这一切都是误会。

道歉与和解。

正纪召开了记者会。

说明阳子的父亲并非“枞树町谋杀案”的凶手下田俊幸，并公开了办事处收受非法政治献金的真相。

后藤认罪了。

*

“友爱园”的园长写信给阳子。

阳子的亲生父母并非“枞树町谋杀案”的被害者高松。

*

报纸上刊登了晴美撰写的报道。

弥生在病房里仔细地做剪报。

晴美带着绑着蓝色缎带的花束进来了。

*

高仓正纪议员办事处里热闹非常。

穿着蓝色上衣的后援会成员和道代、亚纪一起挂上蓝底白字的横幅。

“迎向未来的羁绊！”

高仓弘子送给阳子一双运动鞋：“这给你。”

岩崎先生搬来酒缸。

裕太把上面写着“爸爸加油！”的画像送给正纪。

选战出阵仪式开始了。

每朝新闻社会版特稿《境遇》

我抱着辞职的心理准备，打算坦白我十年前犯下的罪过。我之所以一直保持沉默，是因为不愿意伤害好朋友重要的宝物，好友也不希望我公开。我认为自己身为犯人，尊重她的意愿最能表达我的诚意。

但是我没办法一直隐瞒下去。她的宝物已经长大成人，就算知道十年前事件的真相，也不会深受伤害了吧。我也已经征得了好友的同意了。

首先我想先叙述我跟好友的境遇，但我话说在前面。

这个故事，绝对不是悲剧——

图书在版编目（CIP）数据

伪装闺密 /（日）湊佳苗著；丁世佳译 . — 成都：四川文艺出版社，2020.3
ISBN 978-7-5411-5565-9

Ⅰ . ①伪… Ⅱ . ①湊… ②丁… Ⅲ . ①推理小说—日本—现代 Ⅳ . ① I313.45

中国版本图书馆 CIP 数据核字 (2019) 第 253596 号

Original Japanese edition published in Japan in 2011 by Futabasha Publishers Ltd.,Tokyo.
Simplified Chinese translation version published by Beijing Xiron Books Co.,Ltd.
Under licence from Futabasha Publishers Ltd.
著作权合同登记号 图进字：21-2019-577
本书中译本由时报文化出版企业股份有限公司授权

WEIZHUANG GUIMI
伪装闺密
［日］湊佳苗 著 丁世佳 译

出 品 人 张庆宁
责任编辑 邓 敏
特约编辑 王云欢
特约监制 潘 良 魏 强
封面插图 瓜田李下 Design
装帧设计 lemon
责任校对 汪 平

出版发行 四川文艺出版社（成都市槐树街 2 号）
网 址 www.scwys.com
电 话 028-86259287（发行部） 028-86259303（编辑部）
传 真 028-86259306

邮购地址 成都市槐树街 2 号四川文艺出版社邮购部 610031
印 刷 嘉业印刷（天津）有限公司
成品尺寸 146mm × 210mm 开 本 32 开
印 张 6 字 数 130 千
版 次 2020 年 3 月第一版 印 次 2020 年 3 月第一次印刷
书 号 ISBN 978-7-5411-5565-9
定 价 38.00 元